Castiau

Llyfr i blant drwg o bob oed
(*Y fersiwn heb ei sensro*)

Pedr Wynn-Jones

Argraffiad cyntaf: 2011

Rhif rhyngwladol: 978-1-84527-367-5

Mae;r cyhoeddwr yn cydnabod cefnogaeth ariannol
Cyngor Llyfrau Cymru

Cynllun clawr: Dorry Spikes

Cyhoeddwyd gan Wasg Carreg Gwalch,
12 Iard yr Orsaf, Llanrwst, Conwy, LL26 0EH.
Ffôn: 01492 642031 Ffacs: 01492 641502
e-bost: llyfrau@carreg-gwalch.com
lle ar y we: www.carreg-gwalch.com

Yn gyflwynedig i Mam druan yn ei dwys gywilydd

Cynnwys

Rhagair / Rhybudd pwysig iawn

Dychmygol yw pob un o'r straeon hyn er eu bod yn seiliedig ar ddigwyddiadau hollol wir. Ffug hefyd yw'r cymeriadau er eu bod yn seiliedig ar bobl go iawn. Nid oes modd sicrhau na chafodd neb ei frifo, ei iselhau na'i gywilyddio yn y straeon hyn; yn wir dyna oedd y bwriad yn aml iawn. Gellir honni mai lle dychmygol yw'r dref hefyd, ond tybed yn wir. Ni all yr awdur na'r cyhoeddwyr fod yn gyfrifol am unrhyw niwed corfforol na meddyliol a all ddod i ran y darllenydd wrth eu darllen. Dyna'r cwbwl, am wn i.

Cyflwyniad

Diolch yn fawr i ti am agor y llyfr hwn ac ystyried ei brynu. Efallai ei fod braidd yn ddrud ond cofia mai am y bum pennod gyntaf yn unig yr wyt ti'n talu. Mae'r gweddill yn rhad ac am ddim. Pa lyfr Cymraeg arall sy'n cynnig y fath fargen?

Am wario cymaint o bres, rwyt yn haeddu tipyn o eglurhad neu ragolwg ar yr hyn sydd o dan sylw yn y llyfr. Mae'r straeon yn sôn am gastiau, ac mae'r teitl yn dipyn o gymorth i ddyfalu hynny. Hyn oedd difyrrwch plant ers talwm, mewn oes wahanol a lle gwahanol. Maent hefyd yn hel atgofion a rwdlan yn gyffredinol am rai o'r cymeriadau oedd ynglŷn â'r castiau hyn neu'n rhan o'r gymdeithas fach glos sydd o dan sylw.

Enw'r lle oedd Pen yr Aber, tref fach ddi-nod yng nghanol gogledd Cymru. Er ei bod yn y canol, roedd y dref hefyd ar y ffin, ond nid ffin ddaearyddol. Roedd yn hytrach ar ffin ddiwylliannol lle'r oedd dau fath o bobl yn cyd-fyw, weithiau'n ddedwydd, weithiau ddim. Ein henw ni ar y lle, ar lafar gwlad, oedd Penrabar. Yr enw y bydden nhw'n ei arfer oedd rhywbeth fel Penirabyr efo 'y' dywyll yn olaf – fel y gair Saesneg un o'r pethau bach hynny y gallet ei brynu am geiniog ers talwm i ddileu gwallau yn dy waith ysgol. Diau fod ymadwaith y ddwy elfen hyn yn y gymdeithas wrth wraidd ambell un o'r castiau.

Roedd y dref, gyda'i strydoedd bach culion a thai

bach a mawr a godwyd cyn y Ddeddf Gynllunio Gwlad a Thref, wedi ei rhannu'n bedair fel bynsan groes. Yn ei chroesi o'r dwyrain i'r gorllewin, gan mai hwnnw oedd y cyfeiriad arwyddocaol yn hytrach na'r ffordd arall, roedd yr hen briffordd ar draws y gogledd a ddeuai â phob math o ddylanwadau atom. Yn ei chroesi o'r de i'r gogledd roedd priffordd arall a ddeuai â rhywfaint o ddiwylliant i'n plith o'r bryniau a oedd yr un mor Gymraeg a Chymreig yr adeg honno ag y maent heddiw. Croesai hon y ffordd fawr cyn ymlwybro trwy ogledd y dref i wlychu ei thraed ym Môr Iwerddon.

Ar y groesffordd yng nghanol y dref, roedd arwyddion i fannau fel Denbigh, Ruthin, Colwyn Bay a St Asaph yn ddu a gwyn disglair, flynyddoedd cyn i neb feddwl am eu paentio'n wyrdd – a chanu am hynny yn y fargen. Roedd arwydd arall hefyd, sef Llanrwst ac nid Lanroost, yn rhyfeddol ddigon. Mae'n rhaid bod awdurdodau'r cyfnod wedi methu hwnnw.

Pa fath o le oedd Pen yr Aber yr adeg honno? Nid lle hollol annhebyg i weddill Cymru mae'n debyg. Pa fath o le felly oedd Cymru? Beth oedd yn wahanol?

Pob dim, mwy neu lai. Mae rhai yn dweud, am y chwedegau, er enghraifft, os oes gen ti gof clir o'r cyfnod – doeddet ti ddim yno. Tybed nad yw'r un peth yn wir am Ben yr Aber ac am Gymru ers talwm? Lle a sut mae cychwyn ar geisio cyfleu'r fath ddarlun brith ac aneglur? Mi ro' i gynnig arni, petai ond i fanteisio ar gyfle gwych i falu awyr.

Yr unig fwyd Indiaidd, pe gellid ei alw'n fwyd, oedd te – a byddai'n dod o debot ar fwrdd y gegin. Wrth fwrdd y gegin a byrddau eraill byddem yn arfer gwrando'n ufudd ar y doeth a'r pwysig yn ein plith yn ein hatgoffa mai'r cartref a'r capel oedd lleoedd yr iaith Gymraeg. Erbyn heddiw mae hi yn bron bob man heblaw'r ddau le uchod ac mae rhai yn yfed te yn y capel rŵan i wneud y lle hwnnw yn fwy diddorol a... ym... defnyddiwr-gyfeillgar.

Heddiw mae pobl Cymru yn yfed mwy o gwrw na the, hyd yn oed ar ddydd Sul, ond yr adeg honno, roedd trio cael peint ar y Sul yn nesa peth at amhosibl oherwydd bod pobl nad oeddynt yn mynychu tafarnau beth bynnag, ar y cyfan, wedi ymgyrchu i gau eu drysau ar ddyddiau Sul yn wyneb y rhai a oedd yn eu mynychu. Serch hynny, i ambell flaenor Methodus a oedd cael sleifio trwy ddrws cefn y Parrot ar y Stryd Fawr, doedd peint ar y Sul ddim yn broblem.

Oherwydd y sefyllfa honno, yn gynnar pob nos Sul mi fyddai'r traffig i gyd yn mynd i gyfeiriad Lloegr neu i lefydd annuwiol fel Sir y Fflint lle byddai rhai o'r bobl a oedd wedi pleidleisio i gadw Cymru'n sych, ymysg eraill, yn gwario'u pres i gyd ar ddiod y Sais.

Os nad oedd y sefyllfa foesol yn syml, ystyriwch y pres – nid oedd modd ei rannu â deg, dim ond â rhifau fel deuddeg neu dri; heblaw am grôt, sy' chydig yn wahanol. Roedd ambell i ffyrlingen o gwmpas, darn bach o bres oedd yn chwarter ceiniog. Wedyn roedd dwy ffyrlingen yn gwneud dimau, sef hanner ceiniog. Roedd deuddeg ceiniog mewn peth a elwid yn swllt. I gymhlethu'r sefyllfa, roedd darnau bach o bres fel pishyn tair ceiniog a chwe cheiniog... darn dau swllt a hyd yn oed hanner coron, sef darn dau swllt a chwe cheiniog, a byddai hwnnw wedi bod yn ddeg ceiniog ar hugain.

Mewn ymgais i fod yn syml, roedd ugain swllt mewn punt... ond wedyn byddai rhai pobl, yn enwedig ffermwyr, yn cyfrif arian mewn ginis, sef punt a swllt.

Os caf ddod yn ôl at gwrw am funud, hawdd y gallet ddychmygu y byddai hyn oll yn ddryswch mawr yn dy ddiod. Ond wedyn, doedd dim llawer o ots beth bynnag oherwydd nad oedd gan neb bres, heblaw ffermwyr. Ac wrth gwrs, nid oedd gan y rheini ryw lawer ohono, fel heddiw.

A sôn am ffermwyr, roedd Pen yr Aber hefyd yn dref farchnad, tref â thair marchnad â dweud y gwir. Ar y Stryd Fawr, o flaen un o'r marchnadoedd hynny, roedd tafarn y Parrot. Yn y fan honno yr arferai rhai o'r ffermwyr hynny ennill a cholli rhai o'r ginis a oedd yn mynd a dod. Pe byddet ti wedi bod yno'r holl flynyddoedd hynny yn ôl, mae'n siŵr y byddet wedi gweld yr olygfa gyfarwydd ond anhygoel o Sarjant Puw a'i gwnstabl ufudd a dirwgnach yn helpu rhyw ffermwr meddw gaib i mewn i'w fan, Ostyn neu Forys mae'n siŵr, a llinyn beindar yn cynnal rhan helaeth ohoni, efo'r geiriau: 'Cymerwch ofal rŵan ar ych ffordd adre i Drem y Gogarth yr hen Wilias, 'n enwedig ar y drofa gas 'na heibio i Siambar Ddu! Ac ewch yn syth i'ch gwely.' Byd gwahanol yn wir, yn llawn o bethau gwahanol – fel yr ysgol, er enghraifft. Dyna i ti le gwahanol iawn i'r hyn weli di heddiw.

Yr adeg honno, roedd plant yn mynd i'r ysgol i ddysgu a bihafio, hyd yn oed plant ffermwyr oni bai am amser wyna a chynhaeaf. Peth arall oedd yn wahanol am yr ysgolion yr adeg honno oedd hyn... a do, mae hyn wedi cael ei ddweud o'r blaen, droeon... ond mae'n hollol wir. Byddai plant yn dweud pethau fel; 'Tyrd yn dy flaen ne' fyddi di'n hwyr i Jogryffi.' Erbyn heddiw maent yn dueddol o ddweud: '*Get a move on or you'll be late for* Daearyddiaeth.'

Efallai hefyd, erbyn heddiw, nad yw bod yn hwyr ar gyfer Daearyddiaeth na Jogryffi, nac unrhyw gamwedd arall, yn llawer o boendod i rai plant. Cofia, yr adeg honno, ychydig iawn o blant drwg ac anufudd oedd yn bod, oherwydd bod pob cyflwr a syndrom yn ymateb yn dda iawn i gweir neu ram dam go dda gan athro gwyllt. Roedd yr athrawon i gyd yn wyllt gacwn ers talwm, a'r rhieni hefyd. Wedi meddwl, roedd y rhan fwyaf o'r oedolion yr adeg honno yn bobl hollol afresymol. Ychydig yr oeddent yn ei ddeall am hawliau plant a phobl ifanc. Byddai eu harferion yn ennill cell mewn carchar diogel iddyn' nhw'r dyddiau yma.

Enghraifft o'r arferion anwar a chyntefig hyn oedd bod plant, er gwaethaf eu sgrechian ac ymbil am faddeuant, rhyddid a gras, yn cael eu llusgo gerfydd eu coleri, neu eu gyrru o flaen pig ambarél, i'r capel a'r ysgol Sul dair gwaith pob dydd Sul. Yno byddem yn canu emynau, rhai ohonynt yn atgoffa Duw ei fod yn dda a hollalluog, eraill yn bwrw sen ar ddiwylliannau eraill a thynnu sylw at liw'r bobl. Yn y byd mawr tu allan yr unig gân o werth oedd 'Bing Bong'. Yn ychwanegol i hyn, byddem yn cael ein hel i'r Band o Hôp bob nos Fercher, fel rhyw 'frêc' ysbrydol, yn nau ystyr y gair 'brêc', i'n cadw rhag llithro'n rhy sydyn o entrychion y Saboth i bydew bydol dydd Sadwrn.

I fod yn blwmp ac yn blaen, dydd Sadwrn oedd yr unig ddiwrnod call yn yr wythnos i gyd. Roedd yn gyfle i sleifio allan am wdbein bach slei a sbïo ar gardiau glan môr di-chwaeth o flaen y siop anrhegion. Dyna lle byddem yn glanna chwerthin hyd salwch a thagu o weld y merched mawr, tew, bochgoch a'r dynion bach tenau, ofnus; y noethion a'r nwydus a'r ffraethinebau amheus. Ond allan yn y byd go iawn doedd 'na ddim rhyw o gwbl yng Nghymru, Lloegr na Llanrwst, na jôcs budr, tan tua 1963. Ni welwyd yr un copa gwalltog yn noeth, na dim byd blewog arall ychwaith, tan ganol y chwedegau pan aeth bob dim yn rhemp. Roedd yr Iesu yn dy wylio ac roedd modd cerdded i Gapel Celyn heb wlychu dy draed.

Dyna i ti fraslun o Gymru ers talwm. Oedd wir, roedd yn lle gwirioneddol ddychrynllyd ac ofnadwy. O ganlyniad i fyw yn y diffeithwch hwn o gulni a gwallgofrwydd, roedd rhaid felly i 'mrawd a fi, fel y plant eraill, wneud ein hwyl ein hunain – hyd yn oed ar ddydd Sul. Wrth gwrs, petai rhywun yn gwneud rhywbeth difyr ar y Sul, ni fyddai'n cael gwenu na chwerthin tan ddydd Llun.

Ffrwyth hynny sydd yn y straeon bach direidus, creulon a diegwyddor y byddi di'n eu darllen yma. Gobeithio na fydd y cwbl yn ormod i ti. Gwna dy orau i'w mwynhau heb ddychryn na chymryd atat ormod. Rwyt ti'n haeddu hynny wedi gwario cymaint o bres.

Felly, beth am y castiau? Amrywiol iawn ydyn nhw o ran eu hysmaldod a'u difyrrwch, rhai yn gryno a ffwr' bwt, rhai yn meddu ar fwy o sylwedd ac ynghlwm wrth ryw stori neu'i gilydd, rhai braidd yn gas ac eraill yn ddiniwed – ond yn wir bob un!

Unwaith eto cwyd y cwestiwn. Lle mae cychwyn arni, tybed? Mae'r castiau hyn yn perthyn i bob math o lefydd:

y stryd, yr ysgol, y capel, y cartref – yn wir, bob man lle mae pobl yn mynd a dod. Ond wrth gofio'r cynllunio a'r cynllwynio ysgeler o flaen llaw, a'r miri a'r chwerthin yn sgil y castiau hynny, yr ymdeimlad o fuddugoliaeth, yr ail-greu, ac yn wir weithiau'r edifarhau a'r cerydd, wrth gofio hyn oll, mae'r meddwl yn mynd i un lle arbennig. Y lle hwnnw ydi Siop Hywel y Barbwr yng nghanol y dref.

Tyrd efo fi i Siop Hywel.

Dyna i ti siop na weli di mo'i thebyg erbyn heddiw. Ffenestr focs sgwâr yn ymestyn rhyw lathen i'r pafin, hen ddrws trwm a fyddai'n clepian a chanu cloch hen ffasiwn, a dyna ti yn rhan flaen y siop. Ar y chwith roedd cownter uchel (uchel i lygad bachgen ifanc beth bynnag) lle byddai merch y siop, Tracy'r Ffoadur, yn gwerthu fferins o bob math, sigaréts, a'r rheini'n addas i bob oed, nwyddau siafio, gwialenni ac offer pysgota — ac wrth gwrs, nwyddau eraill na fyddai gan yr hogia'r wyneb i ofyn i Tracy amdanynt, dim ond i Hywel.

Wedyn, yng nghefn y rhan flaen, gyferbyn â'r drws allanol, roedd 'na ddrws arall efo chwarel o wydr yn ei ran uchaf, a byddai hwnnw hefyd yn canu cloch wrth i ti ei agor neu ei gau. Trwyddo, byddet yn mynd i basej bach rhwng pentyrrau o focsys dirgel tuag at ddrws arall, a hwnnw'n wydr llwyd bron i gyd, ond heb gloch, ac i mewn i'r ystafell dorri gwallt yn y cefn.

Yn y fan honno y byddai Hywel yn teyrnasu yng nghanol cwmwl tragwyddol o darth a mwg, sgwrs gall a blewiach at dy fferau. Byddai blynyddoedd wedi mynd heibio cyn i neb feddwl am Iechyd a Diogelwch na Rheolau Glanweithdra.

Ar y wal, y tu ôl i Hywel, roedd cloc hen ffasiwn, fel cloc capel, a oedd heb os nac oni bai ymysg y mwyaf anferthol a welwyd erioed ar wal gyffredin. Yn ystod bylchau prin yn y sgwrs, byddai'r distawrwydd yn llawn o dipian araf trymaidd y cloc hwnnw, a chlipiadau siswrn Hywel yn dilyn ei rhythmau tragwyddol.

Nid oherwydd y cloc mawr yn unig yr oedd Hywel yn ddyn o flaen ei amser. Nid ychwaith yn y drych o'th flaen yn unig y byddet yn dy weld dy hun wrth sgwrsio efo Hywel. Yn ddyn main a bywiog ei osgo a'i wep, roedd ganddo ryw arferiad o ddal ei ben yn gam wrth wrando ar bobl, a rhyw ddawn annirnadwy o gynnau fflach yn ei sbectol wrth ymateb i ti.

Roedd yn medru cadw trefn ar yr hyn oedd ar dy ben am ryw swllt a chwech y tro, ond roedd yn fwy medrus fyth wrth gadw trefn ar yr hyn oedd y tu mewn iddo, a hynny'n rhad ac am ddim. Gwnâi hynny yn ddi-ffael efo'r geiriau: 'Ie, wel, 'dw i'n gweld be' ti'n feddwl, ond...' ac wedyn mi fyddet yn ei chael hi.

Ond yn anad dim, Cymro oedd Hywel a go brin fod neb wedi gwisgo'r teitl anrhydeddus hwnnw efo mwy o arddeliad a balchder na fo. Cyn codi ysgol Gymraeg yn y fro, mentrai Hywel y farn chwyldroadol nad oedd dwy iaith yn drysu plant. Yn enghraifft o'r diffyg dryswch hwn, arferai Hywel ddweud: 'Ie, wel, 'dw i'n gweld be' ti'n feddwl, ond cofia fod y Parch Esau Jones yn bregethwr diawledig a hynny yn y Gymraeg ym Moderob ac yn Saesneg yn yr un modd yn St Peter's. Tydi bod yn ddwyieithog yn ddim rhwystr i'r hen Barch rhag gwneud ei waith, weli di!'

Un diwrnod, wrth eistedd yn sedd dorri gwallt Hywel, dywedodd Huwcyn Roberts na fuasai addysg Gymraeg yn gweithio. 'Mi fydd pethau fel jogryffi a hisdri ac ati yn y cownti sgŵl yn lot anoddach yn Gymraeg gewch chi weld — a cymwch chi Ffrensh rŵan. Fedrwch chi ddim siarad Ffrensh yn Gymraeg na fedrwch!'

Unig ateb Hywel oedd: 'Ie, wel, 'dw i'n gweld be' wyt ti'n feddwl. Well i mi beidio â thorri llawer oddi ar y top, Huwcyn. Sgin ti'm llawer yn fanna beth bynnag.'

O ystyried cymaint o Gymro oedd yr hen Hywel, syndod mawr un diwrnod oedd sylwi ei fod wedi gosod bocs gwyn yr ochr chwith i'r drws wrth fynd i mewn, a hwnnw i'w weld yn eglur drwy'r ffenestr. Ar wyneb uchaf y bocs gwyn, sef yn ei gaead, roedd hollt digon mawr i roi ceiniogau drwyddo, ac ar ei du blaen y geiriau duon bras *Penny for the Blind* – a hynny yn Saesneg yn unig. Saesneg yn unig! Be' oedd yn bod? mentrais ofyn.

'Hywel! Be 'haru chi? *Penny for the Blind* yn Saesneg yn unig?'

Yn ôl ei arfer atebodd yr hen ddewin...

'Ie, wel, 'dw i'n gweld be' wyt ti'n feddwl... ond...'

Dyna ddigon am y tro. Mae'r olygfa wedi ei gosod, fel petai. 'Dw i'n addo y cei di fwy am siop Hywel nes ymlaen. 'Dw i'n dy gadw di rhag y castiau gwirion efo'r hel atgofion parhaus 'ma. Sori. Wel, sori os wyt ti wedi prynu'r llyfr o leia'. Os nad wyt ti wedi gwneud, dwyt ti ddim yn haeddu ymddiheuriad.

Ond prynu'r llyfr ai peidio, cofia'r bocs casglu hwnnw yn ffenestr siop Hywel y Barbwr. Mae'n allweddol i'r holl beth. Daw popeth yn glir yn y diwedd... ond fel y dywedais o'r blaen... paid ag anghofio'r bocs casglu hwnnw yn ffenestr siop Hywel y Barbwr.

Pennod 1

Dai Lloyd a'i Ffrydiau o Liw

Nid cast yn union sydd yma ond... wel... efallai mai dyna ydi o hefyd.

Be sy'n tanio dychymyg plentyn? Be sy'n cychwyn y peiriant breuddwydio hwnnw sydd, meddan nhw, ym mhob un ohono' ni? Pwy all ateb y fath gwestiwn? I ni, blant bach Pen yr Aber, roedd Dai Lloyd wrth wraidd yr holl beth. Bobol bach, dyna i chi ddyn!

Os oedd y cloc hwnnw yng nghegin yr Amgueddfa Genedlaethol yn tipian yn araf, mae'n siŵr ei fod fel cnocell y coed o'i go' o'i gymharu â'r cloc yn ystafell ddosbarth Loidi. Roedd y cloc ar y wal y tu ôl i Loidi, ond go brin y byddai ar neb eisiau sbïo ar y cloc mewn lle mor wefreiddiol ag ystafell Loidi. Doedd y Bod Mawr ddim wedi creu digon o amser i blentyn fodloni arno yn y lle hwnnw.

A sôn am y Bod Mawr, 'dw i'n cofio unwaith i ni gael gwers grefyddol o ryw fath gan Loidi, pan oedd Miss Jenkins yn sâl, ac er bod rhywbeth i'r perwyl hwn wedi cael ei ddweud o'r blaen, mae'n debyg, os caf un diwrnod trwy ryfedd wyrth fynd i'r Nefoedd, 'dw i'n siŵr y bydd Loidi yno hefyd. Os na fydd Loidi yn y Nefoedd, wel, dydi'r fath le ddim yn bod – neu mi fydd Loidi'n dal yn fyw. 'Dw i ddim yn siŵr.

Er ei fod yr un ffunud â phortread a ddarllenais unwaith o Ioan Fedyddiwr yn y Beibl, nid crefydd oedd pwnc Loidi. Nid pregethu gras a gwirionedd y byddai Loidi ond eu byw.

Un o'r pethau mwyaf trawiadol sy'n aros yn fy nghof am Loidi oedd bod ganddo grocodeil mawr brown wedi ei stwffio ar ben ei gwpwrdd. Mewn oes lom iawn, efo rhyw deimlad yn rhedeg drwyddi fel tywyllwch cyn y wawr, ystafell Loidi oedd y lle mwyaf lliwgar yn y byd yn grwn.

I bob golwg, doedd gan Loidi yr un rasel na chrib i harddu ei bresenoldeb, nac angen am y pethau hynny 'chwaith. Loidi oedd y dyn mwyaf lliwgar yn y byd yn yr ystafell fwyaf lliwgar yn y byd. Roedd hi'n llawn o baent, dychymyg a breuddwydion o bob lliw a llun, yn cynnwys brown.

Fel pob arlunydd da, roedd Loidi yn gallu craffu ar bethau'r byd a'u gweld yn hollol gywir. Roedd yn gwybod yn iawn hefyd sut i roi lliw arnyn nhw cyn i neb o America wneud hynny, ac yn llawer iawn gwell hefyd. Wyddost ti mo hyn, mae'n debyg, ond hyd at y pumdegau, doedd lliw ddim wedi cael ei ddarganfod fel y mae heddiw, heblaw am ambell i ymgais aflwyddiannus i greu brown. Mae hen ffilmiau a'r hen luniau yn albwm teuluol Mam yn profi hyn y tu hwnt i bob amheuaeth gall. Roedd pawb a phopeth yn ddu a gwyn a llwyd. 'Dw i'n meddwl mai tua 1955, neu efallai ychydig cyn hynny, y cafodd lliw ei ddyfeisio go iawn, gan rywun yn America mae'n debyg. Ond bu'n araf iawn yn cyrraedd Pen yr Aber.

'Dw i'n cofio Mam yn mynd â fi i ryw glinic tua'r flwyddyn naintîn ffiffti lle'r oedd 'na ddynes mewn het fawr — a dillad eraill wrth gwrs — yn cwyno fy mod i'n llwydaidd iawn fy ngolwg a rhoddodd bigiad o rywbeth i mi. Mae'n rhaid mai rhyw ymgais aflwyddiannus i greu lliw oedd hynny, gan fod meddygon Pen yr Aber yn bell o flaen yr oes ac yn ymwybodol o'r datblygiadau diweddaraf ym maes lliw ledled y byd. Mae'r twll yn fy mraich yn dal yno.

Yng nghanol y moelni maith a lenwai'r byd yr adeg honno; moelni a ysbrydolodd un o feirdd mwyaf Eryri; roedd gan ein Loidi ni siwt las. 'Dw i ddim yn 'u palu nhw. Dyn o flaen ei amser go iawn oedd Loidi. Welais i 'rioed mohono mewn dim byd arall heblaw ei siwt las. Dywedodd wrth y plant un diwrnod ei fod wedi ei chael hi gan ryw ddyn caredig yn stordy'r fyddin cyn iddo adael Japan, ar ôl i'r bomiau mawr daro. Roedd Loidi yn ddiolchgar iawn i'r sarjant clên hwnnw oherwydd ei fod wedi gorfod dychwelyd yr hyn oedd yn weddill o'i iwnifform, a'i fod yn bryderus iawn wrth feddwl am fynd adref i Gymru mewn dim byd ond yr hen drôns carpiog a oedd wedi cuddio ei ddoniau yn ystod ei dymor tua Byrma bell.

Er nad oedd hi'n siwt fawr o bell ffordd, ar Loidi roedd hi'n llawer mwy na digon. Pan chwythai'r gwynt o'r môr, a ninnau'n gafael yn ein capia fel arfer, byddai siwt las Loidi yn chwythu o gwmpas ei gorff tenau fel cynfas wedi'i lapio tros bolyn lein.

Un diwrnod, dywedodd Loidi wrth y plant mai thema'r dydd oedd natur. Nid y gair thema ddywedodd Loidi, wrth gwrs, nid oedd y fath beth â thema tan tua 1970. Ein gwaith ni oedd tynnu llun o rywbeth naturiol.

'Be 'dach chi'n feddwl Mr Lloyd?'

'Wel, duwcs! Coed, adar, anifeiliaid – wyddoch chi – natur ynte!'

'Iawn, Mr Lloyd.'

Llifai'r paent a'r dychymyg i bob cyfeiriad.

'Ym... Mr Lloyd?'

'Ie?'

'Oedd 'na lot o natur tua Byrma 'cw dudwch?'

Roedd gan wyneb Loidi ryw ffordd o suddo i'r gorffennol a oedd yn debyg i'r dull hwnnw weli di ar rai ffilmiau lle mae'r actor neu'r actores yn pefrio i'r pellter a phopeth o gwmpas yn ymdoddi neu fynd i ffocws meddal, fel maen nhw'n dweud heddiw.

'Nagoedd, ddim rîli, dim natur, dim ond jyngl, hogia, dim byd ond miloedd ar filoedd o filltiroedd o jyngl.'

'Be' oeddach chi'n 'i neud yn y jyngl, Mr Lloyd?'

'Duwcs... paffio efo hogia Japan siŵr... ond 'u bod nhw'n rhedeg i ffwrdd o hyd ynte!'

'Pwy oedd y paffiwrs gorau, Mr Lloyd, chi 'ta hogia Japan?'

'Wel ni, siŵr Dduw!'

'Dangoswch i ni sut roedd hogia Japan yn paffio, Mr Lloyd!'

Yn y rhan hon o'r sgript dragwyddol, byddai Loidi yn bwrw golwg lechwraidd tuag at ystafell y prifathro.

'Mae o allan, Mr Lloyd. Glywes i o'n deud wrth Mrs Niclas y cwc 'i fod o'n mynd i weld y ficar.'

'Dyna be' ddudodd o ia hogia? Gweld y ficar! Ho ho, greda' i!'

'Dewch, Mr Lloyd, dangoswch i ni sut roedd hogia Japan yn paffio!'

A dyna Loidi yn ei siwt las o flaen y dosbarth, yn

sefyll efo'i wyneb tuag aton ni, ei goesau ychydig ar led ac wedi eu plygu ychydig hefyd, fel petai ar gefn rhyw ful anweledig. Wedyn, y peth cyntaf a wnâi oedd estyn ei freichiau ar led o'i flaen a'u troi fel petai'n gafael mewn olwyn fawr. Yna, byddai'n symud yn osgeiddig a chwim yn ôl a blaen, o'r dde i'r chwith, a'i goesau a'i freichiau'n chwipio'n rhyfeddol bob yn ail â'r symudiadau. Rhyw funud o hyn a byddai Loidi yn ailafael yn yr olwyn fawr ddychmygol o'i flaen ac yn ôl ar ei geffyl anweledig cyn chwythu'r gwynt o'i fol mewn sgrech fain.

'Wir i chi, hogia. Tasa un o'r rheina'n landio arnoch chi mi fasech chi'n gwybod am y peth, neu ddim yn gwybod, os dach chi'n dallt be' sy gen i. Rhai garw oedd hogia Japan wyddoch chi! Wyddoch chi be', heb air o gelwydd, 'dw i ddim yn ei malu nhw, roedden nhw'n gallu torri plancia' efo'u dwylo!'

'Ew, Mr Lloyd! Sut ddaru chi 'u curo nhw Mr Lloyd?'

'Duw, Dembi cic*, fel 'dach chi'n neud, hogia, a swadan iawn efo carn y reiffl, wedyn y gyllell yndê hogia!'

** Mae'r Dembi Cic, neu 'Denbigh Kick' yn Saesneg, yn ergyd ddieflig a berffeithiwyd gan ddynion Dinbych. Cic gyflym a chaled yw hi, y mae'r ymladdwr yn ei hanelu'n isel gydag ochr fewnol y droed (o ddewis, mewn esgid go drom a chaled) at ochr allanol neu flaen pen-glin yr ymladdwr arall — hyn oll tra mae'r dyrnau yn ymladd yn y modd arferol uwchben y Dembi Cic. O'i hymarfer yn gydwybodol, mae hi'n gallu torri neu ddatgymalu'r goes neu, yn niffyg hynny, ei gwneud yn ddiffrwyth am ddigon o amser i roi digon o fantais i'r ymladdwr tros ei elyn.*

Mae'r cyhoeddwyr yn pwysleisio na ddylai plant roi cynnig ar hyn gartref oni bai fod oedolyn cyfrifol yno i'w cyfarwyddo a galw'r gwasanaethau brys os bydd angen.

'Rhai drwg oedd hogia Japan ynde, Mr Lloyd.'

'Wel, 'machgen i,' dywedodd Loidi yn ei lais hamddenol tawel, 'mi fasa wedi bod yn well gynnyn nhw fod adra wrth y tân fatha ninna i gyd 'sdi. Maen nhw'n bobol well na ni mewn rhai ffyrdd 'sdi. Faswn i ddim yn synnu os clywn ni fwy amdanyn nhw, wir.'

Dysgais, flynyddoedd yn ddiweddarach, ac nid yn unig gan Huwcyn Roberts yn malu awyr yn siop Hywel, fod yr hen Loidi druan wedi dioddef yn ofnadwy yn y rhyfel, ei fod wedi cael ei hambygio'n ddiawledig a dweud y gwir, a bod ei iechyd wedi bod yn eitha' giami oherwydd hynny. Bu'n un o'r dewraf ymysg y dewr. Cafodd ei ddal gan 'hogia Japan' un tro ac er ei arteithio'n greulon, llwyddodd i ddianc a byw yn y jyngl diddiwedd a di-natur hwnnw am sbelan go hir efo tylwyth o frodorion clên a chyfeillgar a oedd hefyd, fel fo, yn digwydd bod wedi pwdu'n arw yn erbyn y Japanîs.

Yn wahanol i heddiw, doedd y Japanîs ddim yn llwyddo i fod yn ymwelwyr arbennig o boblogaidd ar eu teithiau allan o Japan am ryw reswm yr adeg honno. Ond dyna ni. Does neb yn mynd i fod yn gas a dweud bod y Saeson wedi gwneud yr un peth. Fedrwch chi ddim plesio pawb o hyd.

Bu Mr Lloyd ni yn trefnu a chynnal ymgyrch yn erbyn hogia Japan efo byddin fach o'r brodorion, cyn i'r Jenral Slim ddod yno i sbwylio'r hwyl efo'i bedwaredd fyddin ar ddeg. Er i'r Japanîs gael cweir uffernol gan Slim a'i griw, a fu'n loes ac yn gywilydd iddyn nhw o'r diwrnod hwnnw ymlaen, roedd yr hoe roedd y fyddin go iawn wedi ei rhoi iddyn nhw oddi wrth ymgyrch Loidi yn fendigedig. Roedd wynebu Loidi fel rhyw fath o wyliau o'i gymharu.

Dydy'r Japanîs ddim yn leicio sôn llawer am yr holl beth wrth sgwrsio, ac yn wir, ddywedodd Loidi ychwaith ddim byd casach erioed na'r geiriau uchod am ei hen elyn. Yn ôl y rhai oedd yn ei adnabod, ni cherddodd erioed mewn unrhyw orymdaith goffa, ac ni wisgodd erioed yr un o'i fedalau niferus. Dywedodd unwaith, pan gafodd ei ganmol gan un o'r plant am fod yn ddyn dewr, mai peth prin ofnadwy mewn gwirionedd oedd dewrder go iawn.

'Dach chi'n gweld, blant, i fod yn ddewr go iawn mae'n rhaid i chi ddallt yn iawn be fasa'n gallu digwydd i chi ac i bobl eraill, teimlo ofn go iawn, ond mynd ymlaen i 'neud beth bynnag ydi o eni we. Rhan fwya' o'r amser doedd pobol ddim y dallt yn iawn, neu'n smalio iddyn nhw eu hunain bod 'na ddim perygl, ddim ofn go iawn ynte. Ia, twpdra oedd y rhan fwyaf o'r dewrder weles i mewn gwirionedd.'

Cofia di, peth go anarferol oedd clywed Loidi'n siarad felly. Fel sy'n wir am bobl sy'n ddoeth go iawn, doedd Loidi ddim yn un am ddoethinebu. Un tawel a difyr oedd o.

Do wir, bodlonodd Loidi ar ddysgu plant bach a'u difyrru, ac mi lwyddodd yn hyn o beth, efo'r dysgu a'r difyrru. Honno oedd ymgyrch olaf a hiraf Loidi a go brin fod neb erioed wedi sbwylio'r hwyl... yn enwedig pan oedd y prifathro allan. Ar ben hynny, mi lwyddodd yn dda iawn i berswadio rhai ohonon ni i beidio byth â bod yn rhy ddewr, bod llwfrdra yn gallu cadw rhywun yn ddiogel yn aml iawn mewn pob math o amgylchiadau – a bygro'r clod ac ati!

Mîn wail... bac at ddy rantsh...

Erbyn hyn, roedd y paent a'r dychymyg yn llifogydd o ddiwylliant ar ein papurau.

'Gawn ni stori'r mul eto, Mr Lloyd?'

Wedi i Loidi roi cyffyrddiad arall neu ddau ar ei ddarlun, dyma'r hen olwg bell yn dod drosto unwaith eto.

'Ew, ia! Y mulod 'na ddaru ennill y rhyfel wyddoch chi, blant.'

Dywedodd Loidi hynny efo awgrym o wên fach dafodynifochaidd.

'Nhw oedd yn cario bob dim, y gwn trwm, y radio, y sypleis, bob dim. Walker! Nei di beidio taflu paent ar wallt Brenda Williams!'

'Shit!'

Cyffyrddiad arall o baent.

'Un noson, doedd hogia Japan ddim yn bell i ffwrdd ac roedden ni'n gorfod 'u stopio nhw rhag croesi'r bont dros yr afon... ym, y Rifyr Cwai wyddoch chi... ia, dyna fo... y Rifyr Cwai. Bob man yn ddu bitsh, dim sŵn, redio sailyns, dim ffags, dim canu, bygyr ôl. Wedyn mi ddaeth hi'n amser swper. An armi martshes on its sdymyc, wyddoch chi! Dyma ni i gyd yn ista i lawr a dyma fi'n nôl tun o bwdin reis oddi ar gefn y mul, 'i agor o efo 'nannedd, a'i dollti fo i mewn i'r mestin. Wedyn ista i lawr tu ôl i'r mul i fyta'r pwdin yn y twllwch du bitsh. Doedd 'na ddim lleuad hyd yn oed.'

Roedd y tensiwn yn y dosbarth yn gafael ynon ni i gyd, fel cryndod oer. Treuliodd Loidi eiliadau tragwyddol yn edrych ar ei ddarlun, rhoi cyffyrddiad neu ddau o baent arno, wedyn edrych eto.

'Be' ddigwyddodd wedyn Mr Lloyd?'

'Ia wir. Rhy dywyll i weld dim byd, blant. Yn sydyn dyma fi'n clywed sŵn fatha motor beic yn y pellter... panics mawr... roeddwn ni'n meddwl bod y Dai Ichi Motorised Division wedi cyrraedd ar ein pennau ni... cyn i mi ddallt mai'r mul oedd ar fin torri rhech neu waeth. Rhy hwyr! Plop! Yn syth i mewn i'r pwdin reis! Ond doedd 'na ddim byd amdani, blant. Bwyd yn brin, pawb yn llwgu, neb wedi cael dim byd i fyta ers mis. Rhoi'r llwy i mewn, chwipio'r cachu allan a gorffen y pwdin. Wyddoch chi be' – doedd ei flas o ddim yn ddrwg o gwbwl... cysidro.'

Roedd y lluniau yn dod yn eu blaenau'n wych. Erbyn hyn roedd fy narlun i o dylluan bron iawn wedi ei orffen. Trochais flaen y brwsh yn y potyn glas yn y bocs mawr a mynd ati i osod y cyffyrddiadau olaf.

Mi fyddi di'n cofio, wrth gwrs, nad oedden ni'n gyfarwydd ofnadwy â lliwiau hyd yma ac yn ansicr braidd ynglŷn â beth ddylai lliwiau gwahanol bethau fod. Roeddwn i wedi clywed canu am y mochyn du. Roedd lle o'r enw Bryn Melyn yr ochr arall i Ryd y Nant. Siaradai Yncl Ifor yn dragwyddol am y Llew Coch a gallaf daeru bod Jones y G'nid, y Parchedig Esau Jones i'w gyfeillion, wedi sôn un tro am ryw ddynes o'r enw Marian tua Sir Fôn neu un o'r llefydd gorllewinol annelwig hynny. Roedd y ddynes Marian 'ma, mae'n debyg, yn las. Felly, glas oedd fy nhylluan i.

Edrychodd Edi Trefor yn ddirmygus ar fy nhylluan las. Roedd tad Edi yn ddoctor ac roedd Edi bach yn greadur yr un mor wybodus â'i dad.

‘Tydi tylluanod ddim yn las, y twpsyn!’

‘Nac ’dyn Edi?’ Yna’n dawel iawn: ‘Ella byddi di mewn munud ’ngwas i.’

‘Nac ydyn siŵr Dduw! Be’ haru chdi? Ha ha ha ha ha! Tylluan las, y lembo gwirion. Be’ nesa?’

Wedi i Edi grwydro i ran arall o’r dosbarth a dechrau tynnu gwallt... Llywela, os cofia’ i’n iawn, ymgripiodd Loidi yn dawel ar hyd y rhes y tu ôl i’r plant. Oedodd i edrych ar gampwaith Alistair Walker, sefyll a chysidro. Roedd yr arlunydd bach arloesol wrthi’n ddygn yn cymysgu potyn bach o ryw fath o wyn budr efo arlliw o felyn neu frown.

‘Ali, ’machgen i, be’ wyt ti isio ydi gwyn, fel sy’ gen ti rŵan chware teg, wedyn twtsh bach o goch fel ’i fod o bron yn mynd yn binc ac wedyn twtsh bach o felyn a brown bob yn ail hyd nes cei di rywbeth tebyg i liw croen dy law. Ond cofia, mi fyddi di sbel go lew yn gwneud digon i baentio honna. Mae hi’n eneth fawr!’

Tarodd y diolchgar bach ei frwsh ar y paled.

‘Shit!’

Yna, efo Edi bach yn ddigon pell o’r clyw, dywedodd Loidi yn ei lais tawel:

‘Go dda yn wir! Argol, ia! Go dda yn wir! Tylluan las! Tylluan las! Bendigedig!’

Yna trochodd Loidi fy mrwsh yn y potyn glas unwaith eto a rhoi cyffyrddiad neu ddau ‘gan y meistr’ ar adenydd y dylluan, a sibrydodd yn fy nghlust:

‘Dan ni am ’neud yn siŵr bod hon yn gallu fflio, ’machgen i.’

Rhoddodd gyffyrddiad arall o baent glas a chyn codi sibrydodd eto:

'Paid ti byth â gadael i neb ddeud wrthat ti be' 'di lliw dim byd rŵan.'

Yna curodd ei fys yn ysgafn ar fy mhen a dweud: 'Mae gen ti ddigon o liwiau yn y bocs 'na i benderfynu drosot dy hun, 'machgen i.'

Dyna'r wers bwysicaf ges i erioed yn fy mywyd.

'Ddaru chi 'rioed ddeud wrthon ni am y crocodeil, naddo Mr Lloyd?'

'Duwcs! O'n ni'n meddwl 'mod i.'

'Naddo wir, Mr Lloyd, mae'n rhaid mai rhyw ddosbarth arall oedd o.'

Tair gwaith i Gymro, fel y byddai'r fodan 'na o G'narfon yn ddweud ers talwm – ac am y trydydd tro'r wers honno, diflannodd yr hen Loidi i ffocws meddal.

'Ew, ia wir hogia!' dyrchafodd Loidi ei lygaid i ben y cwpwrdd, o ble y daeth ei gymorth. 'Faswn i ddim yma heddiw 'ma 'blaw amdano fo, wyddoch chi.'

Mi faswn i wedi gallu taeru'r funud honno, a 'dw i'n dal i daeru heddiw, bod y crocodeil mawr brown wedi troi i wenu ar Loidi.

'Mi roedd o wedi bod o gwmpas ers mis neu fwy, yn nofio i fyny ac i lawr yr afon o dan y brij ofyr ddy rifyr Cwai o dan drwynau'r Japanîs. Andros o grocodeil dewr, hogia! A wyddoch chi be', mi roedd o wedi cymryd aton ni rywsut. Bob tro bydden ni'n cael dipyn o bwdin reis neu ddarn o ful amrwd neu rwbath felly, mi fydda fo'n siŵr o alw heibio ac mi fydden ni'n taflu darn bach i'r hen Garadog, Crad y Croc yndê, blant. Mi ddaru ni 'i ddysgu fo i ista i fyny i ofyn am chwaneg, wyddoch chi. Ew, mi oedd o'n un da! Eniwe, un diwrnod, mi ddaru pethau droi'n ddrwg pan gafodd y Japanîs ri-unfforsmynts dach chi'n gweld hogia, mwy o sowldiwrs ynde. Mi roedd 'n posision ni'n ofyr ryn a bron pawb ond fi wedi cael ei ladd, ond yn dal i baffio ynde hogia, dal i baffio! Yn sydyn, mi sylwis bod Crad wedi dod reit i ymyl yr afon a'i fod o'n sbïo arna i yn rhyfedd. Dwn i'm be' ddigwyddodd, ond mi ddaru ni ddallt 'n gilydd mewn rhyw fath o fflach o ddealltwriaeth, a... ac mi sleifiais i mewn i'r afon cyn i chwaneg o Japanîs gyrraedd... a... ac mi nofiais i o dan y bont o dan fol Crad yn gafael yn ei goes, reit o dan drwynau hogia Japan ar y bont yn saethu fel diawl tuag at lle roeddwn i wedi bod yn paffio ddim ond eiliadau cyn hynny. Argol! Mi roedd hi'n clôs siêf, hogia! Mi gafodd yr hen Crad ei daro hefyd, blant... mewn saith o lefydd cofiwch... saith o lefydd!'

I brofi'r pwynt, aeth Loidi i fyny ar ben cadair a llusgo gweddillion yr hen Grad oddi ar ben y cwpwrdd i lawr i blith y plant. Aeth Loidi ati i bwyntio lle gwelai saith o anafiadau ar gorff Crad druan, a ninnau o'i gwmpas yn teimlo'n flin iawn nad oedden ni'n gallu gweld yn iawn, er craffu'n galed, lle'r aeth bwledi hogia Japan drwy groen garw'r hen ffrind ffyddlon.

'Ddaru o farw Mr Lloyd?'

'Wel do, twpsyn, ne' fasa fo ddim ar ben y cwpwrdd na fasa... ond ddim yn syth 'chwaith. Aeth y ddau ohonon ni, fo a fi, i lawr yr afon yr holl ffordd i'r môr, dros saith gant o filltiroedd hogia, efo Crad yn edrach ar 'n ôl i bob cam o'r ffordd, dallt yr afon dach chi'n gweld, wedi ei eni a'i fagu yn y dŵr. Ar ôl i ni nofio rhyw bymtheg milltir a hanner allan i'r Tsieina Sî ddaru ni gael 'n pigo i fyny gan un o'n llonga' ni. Es i â fo yn syth i'r sic-bê hogia, ond mi roedd hi'n rhy hwyr dach chi'n gweld. Mi ddaru'r fet neud popeth drosto, ond mi roedd yr hen greadur wedi cael digon o'r hen fyd 'ma. Ond roedd o'n haeddu gwell na berial at si, roedd o'n arwr a doedd 'na ddim byd amdani ond dod â fo i Gymru i gael ei gladdu'n barchus efo militri onyrs.'

'Wel be' ddiawl mae o'n neud ar ben y cwpwr' ta Mr Lloyd?'

'Tydi petha ddim yn hawdd weithiau, blant... mae isio amser i drefnu... eniwe, chi ddudodd fod y prifathro wedi mynd i weld y ficar yntê!'

Fel bob tro, aeth pawb allan o wers Mr Lloyd y pnawn hwnnw efo llun o'r radd flaenaf wedi ei rolio a'i glymu efo darn bach o linyn, a'r ganmoliaeth uchaf gan yr athro yn ei siwt las. Roedd un o'r hogia bach hefyd wedi deall bod ganddo focs yn llawn o liwiau.

Os oedd hi wedi dechrau yn dipyn o gast neu ddireidi diniwed, tipyn o dynnu ar yr athro, fel petai, roedd hi yn y diwedd, fel y crybwyllwyd o'r blaen, yn un o'r gwersi hynny sy'n wers am oes.

Hyd yn oed heddiw, flynyddoedd maith wedi i'r dylluan las honno hedfan allan o 'stafell Loidi, mae hi, neu un o'i disgynyddion, yn dal i fod yno ambell waith yng ngolau'r hen ffenestr yma, allan yn y nos ddu.

Pennod 2

Gwrthryfel Mistar Edmunds

O'r diwedd, dyma'r cast cyntaf go iawn. Mae hwn yma yn y cychwyn oherwydd ei fod yn wahanol. Ni chafodd neb ei frifo na'i wlychu na'i gywilyddio na thynnu ei drowsus na dim byd felly. Nid hogia bach drwg wnaeth ei chwarae, nid dynion wedi cael rhyw beint neu ddau dros y top 'chwaith – ond athro parchus, llawn urddas a hunanddisgyblaeth, yn yr ysgol.

Mae'r stori fach gyntaf hon yn deyrnged o ryw fath hefyd i'r Cymreictod cloff a'r ysbryd gwladgarol distaw oedd yn rhyw fudlosgi ym Mhen yr Aber hyd nes byddai rhywun fel Hywel, neu'r athro gwych sydd o dan sylw yma, yn mynd â'r procar ato. Wedyn byddai'r gwreichion yn tasgu!

Un peth arall. Cofia'r bocs hel pres yn ffenestr siop Hywel.

Wedi pedair blynedd o sgleinio meinciau'r ysgol fach efo'n trowsusau pen-glin yn ffrwd y Welshis, wedi cael addysg o'r radd flaenaf gan Loidi a'i debyg, dyna lle roedden ni, yn un ar ddeg oed, ar goridorau syber yr ysgol fawr. Yma, nid Welshis mohonom. Roeddem yr un fath â phawb arall. I gadarnhau'r cydraddoldeb hwn, byddem yn morio canu 'Land of Hôp ân Glori', 'Harts of Ôc', 'British Grenadiyrs', 'Men of Harlic', wrth gwrs, a hyd yn oed 'God Sêf Ddy Cwîn'. Byddem yn dysgu'r Cings and Cwîns of Ingland ac yn cael yr argraff eu bod yn bobl i ymfalchïo ynddynt a'u parchu. Byddem yn dysgu Cymraeg hefyd, a chael ysgrifennu berfau fel 'bûm' a oedd yn ddifyrrwch mawr i hogia bach budr.

Ond ar y cyfan, roedd rhaid i ni fihafio ac ymateb digon greddfol, creda fi, oedd bihafio efo athro fel Mistar Edmunds o dy flaen. Dyn mawr oedd Mistar Edmunds, mawr ei gorff a mwy fyth ei feddwl. Dywedodd un o lywodraethwyr yr ysgol a oedd yn gyfaill i Dad fod ei gymwysterau ar ei lythyr cais yn hirach na'r llythyr ei hun, a'r rheini'n rhai call mewn pynciau call o Brifysgol Bangor a llefydd felly. Go brin y byddai gan hwn ddoethuriaeth mewn Ffasiwn a Gwnïo o brifysgol Newfangleton.

Hyd yn oed os ystyriwn mai atgof bachgen bychan o ddyn mawr sydd o dan sylw, roedd Mistar Edmunds nid yn unig yn ddyn mawr, roedd yn anferthol. Yn steil athrawon y cyfnod, gwisgai drowsus o wlanen lwyd am goesau diddiwedd, a deuai'r canol yn uwch na'i fotwm bol. Yn cynnal y trowsus gogoneddus hwn roedd pâr o fresys streipiau a ddeuai i'r golwg o bryd i'w gilydd o dan ei siaced frown efo clytiau o ledr ar y penelinoedd a'r garddyrnau. Roedd y siaced hon yn fyrrach na'i disgynyddion a welir gan athrawon heddiw. Haeddai ei henw ar lafar gwlad, *bum freezer*, gan ei bod yn gorffen tua hanner ffordd i lawr pen-ôl Mistar Edmunds a oedd fel dwy sach lwyd o datws oer. Roedd ganddo hefyd dei o frethyn gwyrdd efo draig goch hanner ffordd i fyny, a chrys golau... a dyna i ti ei wyneb wedyn... fel chwarel Llanddulas yn y glaw a'r hanner isaf yn gysgod llwyd o flewiach 'styfnig.

'Agorwch eich llyfrau ysgrifennu a rhowch sylw!'

Faint o athrawon heddiw tybed sy'n gyfarwydd â'r distawrwydd llethol a disgwylgar a ddigwyddodd yn ddigymell wedi i'r dosbarth ufuddhau i orchymyn y meistr?

'Ysgrifennwch *Classwork* ar yr ochr chwith a'r dyddiad *September the Seventh* yn dwt ar yr ochr dde, a rhowch linell daclus o dan y ddau.'

Felly y bu.

'Pawb yn barod? Ar y llinell nesaf, yn y canol.... Walker!!! Os gwela' i di'n sbïo ar dy watsh eto mi gei di gweir iawn!... Nodwch *The Norman Conquest*, unwaith eto wedi'i danlinellu'n dwt. Yna rhowch eich pinnau 'sgwennu ar y ddesg a byddwch yn barod i wrando... os wyt ti'n gwybod i be' mae dy glustiau di'n da, Walker!'

Ar yr un gwynt, ychwanegodd y meistr, gan ruo:

'Walker! Pan 'dw i'n dweud 'llyfrau allan', be' wyt ti'n 'neud?'

''Dw i'n nôl 'n llyfr allan, syr!'

'Pan 'dw i'n dweud 'gwrandewch', be' wyt ti'n wneud?'

''Dw i'n gwrando, syr!'

'Pan 'dw i'n dweud 'agorwch eich llyfrau', be' wyt ti'n wneud?'

''Dw i'n agor 'n llyfr, syr!'

'Pan 'dw i'n dweud 'gafaelwch yn eich pinnau 'sgwennu', be' wyt ti'n wneud?'

''Dw i'n gafael yn 'y mhin sgwennu, syr!'

'Pan 'dw i'n dweud 'nodwch', be' wyt ti'n wneud?'

''Dw i'n nodi, syr!'

'Wel, os wyt ti'n nodi, tyrd i'r ysgol mewn car bach coch efo het las â chloch arni ar dy ben tro nesa'!'

Yng nghanol y chwerthin gwyllt ar draul Walker bach, eisteddodd y cawr ar ben desg wag tua'r blaen efo'i draed ar y sedd. Roedd golwg arno fel eliffant ar stôl fach yn y syrcas. Rhoddodd ei sialc yn ei boced a dechreuodd.

Am hanner awr neu fwy, sef hanner cyntaf yr hen 'ddybl piriod' bondigrybwyll, aeth Mr Edmunds â ni yn ei arddull fyw a bywiog drwy holl hanes yr anghydfod ynglŷn â choron y Sais yn yr unfed ganrif ar ddeg, paratoadau Gwilym Goncwerwr ar gyfer ei oresgyniad, brwydr Hastings, esgyniad Gwilym i'r orsedd a dechrau'r cyfnod o ormes a ddaeth yn sgil hyn oll. Yn llygad y meddwl gwelem waed yn tasgu ar haearn, fflach yr haul ar arfau, y cestyll tomen a beili ac ati.

Yna daeth yr ail hanner. Daeth y gorchymyn unwaith eto:

'Yn eich llyfrau ysgrifennu, yn eich ysgrifen orau...' Mawr fu'r gwewyr rhwng bysedd a bodiau bach wrth i'r pinnau inc osod y ffeithiau ar bapur a'u naddu ar y cof hyd byth. Tua deng munud cyn diwedd y wers, a'r hanes yn ddiogel rhwng y cloriau, daeth gorchymyn i gau'r llyfrau ysgrifennu a gwrando unwaith eto.

'Rŵan 'te, gadewch i ni weld faint 'dach chi wedi'i ddysgu!'

Edrychodd Mistar Edmunds o gwmpas y dosbarth, i fyw llygad pob un ohonom yn ei dro, gan godi ei ael chwith drwy'r amser yn ôl ei arfer. Yna, daeth y cwestiwn allweddol, allweddol yn yr ystyr ei fod, fel y cei di weld mewn munud, fel allwedd yn llythrennol, wedi agor rhyw fath o glo yn yr ymwybod.

'Ym mha flwyddyn gawson ni ein concro gan y Normaniaid?'

Cododd pob llaw fel rhes o waywffyn ar faes y gad.

'Eirwen Jones?'

'Ten sicsti sics, syr.'

Ysgwydodd y meistr ei ben, gan godi ei ael chwith unwaith eto, a thaflu winc fach i gyfeiriad Eirwen, i ddangos nad oedd yn flin efo hi.

'Hymff! Nage wir! Mae'n amlwg eich bod chi wedi bod yn gwrando, ond nid yn meddwl, efallai.'

Ymgrwydrodd rhyw syndod distaw drwy rengoedd y fyddin fach werdd, yn enwedig o weld bod Mistar Edmunds yn gwenu fel giât ac yn crafu ei ên ddesbretdanaidd efo'i fys pwyntio.

'Da' ni newydd glywed sut y trechodd y Dug Gwilym y Sais yn y flwyddyn mil chwe deg a chwech. Roedd 'na sbel wedyn cyn iddo ddod i Gymru atom ni, a chafodd o ddim llawer o groeso!'

Ie wir! Yng nghanol Seisnigrwydd rhonc yr ysgol fawr, roeddem ni'n Welshis bach unwaith eto. Nid oedd hynny'n digwydd yn aml.

Pennod 3

Hen dric dan dîn

Pan ddaw yr ysbryd sanctaidd fe ddaw
fel nerthol wynt.

Cynan

Pan feddyli di fod torri gwynt yn beth hollol naturiol, angenrheidiol a chyffredin i bawb a fu, sydd ac a fydd ar y ddaear hon ac efallai yn y nefoedd, mae'n ddigon o ryfeddod ei fod yn gymaint o destun sbort bytholwyrdd o genhedlaeth i genhedlaeth. I eraill mae'n warth a diflastod, rhywbeth i ddweud y drefn amdano a'i ddwrdio. O safbwynt crefyddol, mae'n siŵr mai Duw a'i creodd. Wedi hir ymchwilio, ni ddaeth i'r fei unrhyw orchymyn na gair oddi fry, nac yn y Beibl nac unrhyw lyfr crefyddol arall, yn erbyn rhechan. Tydi rhechan ddim yn bechod – sy'n peri i rywun glosio ychydig mwy at grefydd rhywsut. Onid hefyd yw hi'n dystiolaeth o ryw fath o gynllun mawr a rhagluniaeth dosturiol bod rhech yn chwythu allan o gefn y corff tra bod y trwyn yn anelu am y blaen? Amen yn wir.

Ers talwm, yr arfer ym Moderob, ein capel ni, fel llawer o gapeli eraill yr un modd, oedd bod gan deuluoedd oedd yn aelodau eu seddau eu hunain. I'r sedd honno y byddech yn mynd bob tro oni bai bod rheswm da i beidio â gwneud hynny.

Un dydd Sul braf, digwyddodd un o'r rhesymau

hynny, a minnau efallai tua tair ar ddeg oed, mae'n anodd cofio'n iawn, ond dim llawer hŷn. Roedd fy mrawd a fi wedi bod yn loetran ar y ffordd i oedfa'r bore a digwydd cyrraedd braidd yn hwyr i fartsio i lawr y capel i sedd y teulu lle'r oedd Mam yn eistedd yn barod. Doedd 'na ddim byd amdani ond sleifio i mewn yn ystod yr emyn cyntaf ac i mewn i un o'r seddau rhydd o dan y galeri yn y cefn wrth y drws.

Un o nodweddion diddorol y capel hwnnw oedd bod goleddf nenfwd y galeri a ffurf y waliau, wrth ymagor ymlaen i ehangder corff y capel, i bob pwrpas yn gorn siarad a fyddai'n amlygu unrhyw ganu allan o diwn gan bobl o dan y galeri, neu seiniau anghymeradwy eraill megis trwst papur fferins, ac yn eu dyrchafu i glyw'r ffyddloniaid yn y seti canol a blaen.

Trodd ambell wyneb blin i gyfeiriad y galeri o glywed sŵn ein hesgidiau ar fyrddau'r llawr a'n hymdrechion aflafar i ymuno ag ychydig nodau olaf yr emyn. Wedyn eistedd yn wargrwm i ddisgwyl y weddi:

'O Arglwydd...' yna distawrwydd dwys.

Yn sydyn, gan atseinio'n ddirgrynol drwy bren y sedd ac allan i'r gwagle mawr tawel a sanctaidd o'n blaenau, daeth sŵn o gyfeiriad fy mrawd fel ymgais aflwyddiannus i danio Norton 500, clec fach arall i ddilyn – yna distawrwydd dwys eto.

Fel y mae haid o adar neu bysgod yn newid cyfeiriad ar amrantiad, trodd pob copa gwalltog a moel tuag atom – fel petai'r saint yn disgwyl rhyw fellten o'r Nef i ddilyn y daran.

Un diniwed fues i erioed a doedd na ddim byd amdani ond plygu fy mhen mewn cywilydd a gwrido o'm corun i'm traed, yn enwedig o weld yr artaith ar wyneb Mam druan yn y pen draw. Pe byddai gan Mam geiniog am bob tro yr oedd wedi dioddef cywilydd fel hyn, byddai erbyn heddiw yn filiwnydd.

Ond pam ddylwn i fod â chywilydd? Wel... dim ond oherwydd bod fy mrawd, yr eiliad wedi iddo danio'r ffrwydrad dieflig, wedi troi tuag ataf efo'r olwg fwyaf dirmygus a welodd neb erioed ar ei wyneb, gan ysgwyd ei ben.

Stori fach ddinod, meddech chi. Ond arhoswch funud. Mae rhai yn taeru mai rhyw anafiadau bach fel hyn i'r meddwl neu'r ymwybyddiaeth sy'n llunio cymeriad dyn yn y pen draw. Ychydig a wn i am hynny, ond os yw'n wir, dyna un o'r adegau yn fy hanes i y cafodd y broses ddieflig honno hwb yn ei blaen... efo bang... os maddeuwch fy nichwaethdra.

'O Arglwydd dyro awel a honno'n awel gref!'

Pennod 4

Cnafon y Cynhaeaf

Diwrnod clos iawn ym mis Medi oedd o, diwrnod oedd yn llai gwyntog na'r diwrnod o warth a chywilydd yn y stori ddiwethaf. A diolch byth am hynny, yn enwedig o gofio mai dydd Sul Diolchgarwch oedd o hefyd. Unwaith eto roedd yr hogia wedi cael eu hel i'r capel.

Heb lawer i'w hysgogi na'u ddiddori, mae'r meddwl a'r synhwyrau yn tueddu i grwydro. Lle mae Duw? Mae Jones y G'nid yn edrych i fyny. Mae'r gynulleidfa yn edrych i lawr. Dryswch a diffyg cyfeiriad! A duwcs! Dyna'r sŵn doniol 'na eto. Ffrrt ffrrt.

Roedd fy mrawd a fi wedi sylweddoli, wrth siglo ein tinau yn ddiamynedd ar farnais cynnes y sedd bren yn ystod y bregeth ddiddiwedd, bod y brethyn yn rhyw led lynu arno ac yn gwneud sŵn fel rhwyg fach wrth ymryddhau. Difyr iawn. Fel rhech ddistaw! Nid dyna'r tro cyntaf, mae'n debyg, i ni sylweddoli hynny, ond ni ddigwyddodd erioed cyn hyn efo'r fath ganlyniadau trychinebus a gwefreiddiol.

Ar y ffordd adref, wrth sgwrsio'n hamddenol am hyn a'r llall, yn cynnwys difyrrwch y 'ffrrt ffrrt' — y rhoddwyd un o'r cynllwynion mwyaf diegwyddor a dan-dîn a welodd olau dydd erioed ar gychwyn.

'Be' dasa rhywun yn mynd yn sownd a methu dod yn rhydd o gwbl?'

'Be' ti'n feddwl? Tydi'r farnais ddim yn ddigon cry' i neud hynny siŵr Dduw.'

‘Nac ’di, ond ’wrach basa gliw Erffics yn gneud y tro, ’sdi.’

‘Ti’n meddwl?’

‘Faint o amser mae o isio i sychu?’

‘Dw i’m yn siŵr. Lot llai na hyd pregeth.’

‘Sgin ti diwb yn sbâr?’

‘Oes Duw, un mawr. O’n i’n mynd i neud model o Fi Tŵ Rocet ond mi geith hwnnw fynd i’r diawl.’

Y noson honno, roedd y capel yn lot llawnach nag arfer oherwydd ei bod hi’n wasanaeth Diolchgarwch. Doedd y tywydd ddim mymryn llai trymaidd a chwyslyd nag oedd hi wedi bod y bore hwnnw. Gwaeth mae’n debyg.

Dyma ni’n mynd i mewn i sedd y teulu, fy mrawd yn gyntaf, fi wedyn… a Mam ar y pen rhag ofn i ni ddianc a mynd ar ddisberod yn y byd mawr.

Ymhen rhyw ddau funud daeth Mistar a Misys Parry Ty’n y Bwlch i eistedd, yn ôl eu harfer, yn y sedd o’n blaenau. Dyn bach main oedd Parry ond roedd ei wraig y bladures flonegog fwyaf a welwyd erioed. Sut roedd hi wedi stwffio’i hun drwy ddrws y capel, fyddwn ni byth yn gwybod. Roedd y ddau efo’i gilydd yn cerdded i lawr y capel yr un siâp yn union â rhif deg mewn dillad.

A sôn am ddillad, roedd Misys Parri, chwarae teg iddi, yn weledigaeth o ysblander y noson honno yn ei ffrog haf ysgafn o wyrdd saets, a ffwr llwynog am ei hysgwyddau. Plygodd fy mrawd ei fys blaen yn ei geg a brathu’n galed arno. Pffffff!

Aeth rhan gyntaf y gwasanaeth yn ei flaen yn ddidrafferth ddigon, a phen-ôl mynyddog Misys Parri yn fodd i fyw i’r hogia wrth godi i ganu. Ffrrt ffrrt!

Tua diwedd yr emyn cyn y bregeth, disgynnodd llyfr emynau fy mrawd, a hynny'n hollol ddamweiniol wrth gwrs, ar sedd Misys Parry. Efo peraidd seiniau'r saint a rhu'r organ yn llenwi'r clyw, ni welodd na Mistar na Misys Parry ddim byd wrth i 'mrawd blygu ymlaen i godi ei lyfr. A'i threm tua'r Nef, ni welodd Mam ychwaith mohono yn ymgrymu uwchben y sedd o'i flaen, na gweld ychwaith... y tiwb o sment awyrennau plastig yn ymwagio!

Diolch byth, roedd hi'n bregeth lot hirach nag arfer. Roedd persawr Misys Parri yn lot cryfach nag arfer hefyd, yn ddigon cry' i fygu arogl gliw hyd yn oed.

Cyhoeddodd Jones y G'nid yr emyn olaf. Dechreuodd yr organ ruo eto. Yma a thraw ar hyd a lled y capel clywyd y rhwygiadau bach ysgafn wrth i'r brodyr a'r chwiorydd godi ar orchymyn Owi Fflat y codwr canu. Yna, yn sydyn iawn, a hollol annisgwyl, o sedd Mistar a Misys Parry, rhwyg llawer uwch na'r gweddill, gwich o syndod o ochr gron y rhif deg — tra straffaglai Misys Parry i gydio'n dyn yng ngweddillion racs y ffrog werdd saets i gadw hynny o urddas ag oedd modd yn yr amgylchiadau.

Yr eiliad honno, pan sylweddolodd fod pob llygad pur yn y cysegr ar ei phen-ôl gogoneddus y tu ôl i ehangder pinc ei blwmar, disgynnodd yn ei hôl i'r sedd fel sach o datws.

Roedd hynny'n gamgymeriad mawr. Mae'n rhaid bod y blwmar wedi ei wneud o ryw fath o neilon a oedd yn rhy barod i ymdoddi i'r gliw a hynny yn ei dro yn rhy barod i galedu a glynu ar groen tîn Misys Parry. Erbyn i Mistar Parry druan a Mam lwyddo i ddod o hyd i gôt fawr i guddio cywilydd Misys Parry, doedd 'na ddim modd iddi symud o'r fan heb ymryddhau o hynny o frethyn a oedd yn amddiffynfa olaf iddi.

Fyw i'r hyn a welwyd nesaf halogi tudalennau parchus llyfr fel hwn. Digon yw dweud, os oedd fy mrawd wedi aberthu ei rocet Fi Tŵ y diwrnod hwnnw, mi gafodd rocet arall cyn mynd i'w wely a hynny mewn lle ar ei gorff a gynrychiolai gyfiawnder i Misys Parry. Yn anffodus, troi ei chefn ar grefydd wnaeth hi yn fuan iawn wedi hynny.

Pennod 5

Cadw caead ar bethau

Cwta dri mis wedi cwymp Misys Parry yng ngwasanaeth y Diolchgarwch, os oedd dwys gywilydd Mam wedi peidio â berwi, yr oedd yn dal i fod yn ddigon poeth i'w chochi at ei chlustiau, yn enwedig pan welai un o deulu Ty'n y Bwlch neu eu cyfeillion hwnt ac yma yn y dref.

Er mwyn cadw caead ar bethau, roedd trigolion trybeilig tŷ ni wedi gorfod bihafio ac yn wridog wargrwm wedi dioddef ein haml atgoffa gan Mam am ddihatru Misys Parry druan. Doedd hi ddim wedi bod yn dda cyn hynny, ac arnom ni, mae'n debyg, roedd y bai ei bod wedi gorfod treulio cyfnod yn y Tŷ Mawr tua Dinbych 'cw er mwyn dod yn ôl at ei choed.

Yn ysbryd yr Ŵyl, roedd ffrindiau a chymdogion wedi dechrau galw heibio eto ac er gwaethaf popeth, roedd y Nadolig hwnnw wedi llwyddo i fynd heibio heb drychineb o bwys, heblaw ambell i gast digon diniwed fel pecynnau anrhegion wedi eu lapio'n odidog, ond gwag y tu mewn... ac ambell i wy wedi'i ferwi gwag wedi ei droi â'i ben i lawr.

Doedd hi'n ddim syndod o gwbl bod lle gwag ar y pentan lle safai cerdyn y teulu Parry fel arfer, a llai o syndod fyth nad oeddwn i na 'mrawd wedi cael yr un awyren Erffics i'w gwneud gan Siôn Corn, boed hynny efo neu heb gliw. P'un a oedd yn syniad da ai peidio amddifadu dau hogyn creadigol a dychmygus o'r modd a'r adnoddau i arfer a datblygu eu dawn – mi gawn ni weld yn y man.

Wedi bob Nadolig, roedd 'na wastad dun neu ddau o fins peis yn weddill yn y tŷ 'cw. Chwarae teg i Mam, roedd ei mins peis yn fendigedig. Roedd pawb yn y dref yn eu canmol i'r entrychion. Er ein bod tros y blynyddoedd wedi profi mins peis pob cwmni pobi ac archfarchnad y gallech chi ddwyn i gof, wnaethon ni erioed lwyddo i ddod o hyd i ddim llawn cystal â rhai Mam.

Byddai Mistar Banks, a oedd wedi ymweld â'r cyfandir, yn dweud bod ganddynt rywbeth yr oedd yn ei alw'n 'jy ny sei cwâ' – nid bod neb yn gwybod beth oedd hynny 'chwaith. Cawn glywed mwy am Mistar Banks yn nes ymlaen. Yn ôl rŵan at hwyl y Nadolig.

Pleser mawr gan Mam bob blwyddyn yn y cyfnod hwnnw rhwng y Nadolig a'r flwyddyn newydd oedd croesawu ei ffrindiau i gael paned o de, neu rywbeth fymryn yn gryfach, ac wrth gwrs... does dim angen dweud bron... mins pei!

Y tro hwn, yn sgîl y 'sefyllfa ludiog' yr oedd Mam wedi bod ynddi ers y Diolchgarwch, roedd dechrau bod yn gymeradwy yng ngolwg ei ffrindiau eto yn bwysig iawn iddi. Yr eisin ar y gacen, os maddeuwch y gair mwys, oedd bod hyd yn oed Misys Parry, yn dilyn taer ymbil ac ymddiheuro diflino, wedi derbyn gwahoddiad Mam i ddod draw efo Winni Huws a oedd yn gyfaill iddi hi ac i Mam. Dygn iawn fu'r hwfro, y caboli a'r sgrwbio, i baratoi ar gyfer yr ailsefydliad cymdeithasol enfawr.

Rŵan 'te. Heb yr awyrennau a'r cychod bach plastig i foddhau ein tueddiadau creadigol, roedd y ddawn honno wedi gorfod blodeuo rhyw fodd arall.

Wrth y bwrdd brecwast un bore, wrth wneud ei orau glas i drwsio plisgyn wy wedi'i ferwi efo ychydig o felynwy sych, yn ddigon da i'w lenwi efo talp o farmalêd a'i droi â'i ben i lawr i roi syrpreis i Mam, cafodd fy mrawd syniad. Nid wy oedd yr unig beth yn y gegin acw y gellid tynnu ei gaead, bwyta ei gynnwys, rhoi rhywbeth arall mwy diddorol ynddo a gosod y caead yn ei ôl.

Daeth yr awr fawr. Canodd cloch y drws ffrynt, ac anfonodd Mam fy mrawd a fi i'r llofft wedi ein siarsio i fihafio'n berffaith, efo'r bygythiad creulon o frawychus, neu efallai brawychus o greulon, y byddai'n rhaid i ni hel ein pac, 'a mynd i fyw i Fagillt am byth...' petai 'na rywbeth arall yn digwydd.

Cyn agor y drws, oedodd Mam am eiliad o flaen y drych i roi'r twtiad olaf ar ei phyrm a gwisgo'r wên fach honno yr oedd yn ei chadw mewn potyn yn y cyntedd.

'Winni Huws, Meira Parry! Croeso croeso croeso, dewch i mewn da chi. Ew, mae hi'n ddigon oer wedi mynd, dewch drwadd i gael rhywbeth bach i'ch cynhesu.'

Erbyn hyn, roedd fy mrawd a fi, fel ymlusgiaid gwrthun, wedi mynd ar ein boliau at y llecyn hwnnw ar ben y grisiau lle'r oeddem yn medru gweld i gyfeiriad y 'stafell ffrynt.

'O mae'r lle 'ma'n lyfli gynnoch chi Misys Jôns bach. Ac wwww ogla pobi braf. S'na ddim byd neisiach nag ogla pobi ac ista o flaen tanllwyth yn fflamio yr adeg yma o'r flwyddyn yn wir.'

'O mae o isio côt o baent yn wir... beth bynnag... paned o de i'ch cadw yn eich lle yn gyntaf.'

Brathodd Mam ei thafod gan ofni y byddai'r ymadrodd olaf wedi atgoffa Misys Parry o rywbeth arall... ond roedd popeth yn iawn i bob golwg.

'Fasa'r Dolig ddim run fath heb ddod yma i gael un o'ch mins peis chi Siw fach! Naf'sa wir.'

'Helpwch ych hun i lefrith a siwgwr ynte... ac yn y coffi... ho ho ho ho ho!'

Roedd y plât mawr patrwm helygen yn bictiwr melys croesawgar o fins peis ar y bwrdd bach yn ymyl y llestri te. Rhoddodd Mam blât bach bob un i'r ddwy ddisgwylgar.

'Helpwch ych hun i'r mins peis hefyd. Peidiwch â bod yn swil. Mae 'na ddigonedd.'

'Wwwww! *Moment on the lips* fel maen nhw'n dweud,' dywedodd Mrs Parry gan ysgwyd ei phen-ôl anferthol mewn cyffro barus.

Ac yn wir, moment on ddy lips oedd hi!

Ar y landing roedd yr ymlusgiaid bach erbyn hyn wedi stwffio hosan i'w cegau i fygu sŵn y chwerthin. Ond go brin y byddai neb wedi ein clywed yn chwerthin cymaint oedd sŵn grwgnach a thagu Misys Parry wrth iddi gyfogi a phoeri ei mins pei ar hyd y carped a'r papur wal. Yn wahanol i'r tro o'r blaen, chafodd hi ddim trafferth y noson honno i godi o'i sedd — ond go brin y byddai Diolchgarwch yn air addas i'r sefyllfa.

Piti garw hefyd nad oedd na fwstard ar ôl i godi blas y cig moch y bore wedyn. Ond diolch i Mam yn ei dicter mamol, roedd 'na olwg ar ddau ben-ôl fel petaen nhw wedi bod drwy beiriant sleisio bacwn. Ow!

Blwyddyn newydd dda hogia!

Pennod 6

Yr Hen Brifathro

’Dw i’n cofio rhyw gast ’nde... wel... doedd o ddim yn llawer iawn o gast waeth i rywun gyfadde’... rhywbeth ynglŷn â Walker efo rhyw lyfr o luniau merched prin eu dillad... ond wedyn mi faset ti’n medru dadlau bod y bore y digwyddodd hyn i gyd wedi bod yn garreg filltir go bwysig yn hanes Ysgol Ramadeg Pen yr Aber. Hefyd, wel... mae’n dwyn i gof yr hen brifathro, yr hen Dr Himbert, o barchus goffadwriaeth, a’r hyn ddigwyddodd i’r truan y bore hwnnw o ganlyniad i’r misdimanars.

Welest ti ryw dro raglen ar y teledu Saesneg ers talwm o’r enw *Old Time Music Hall*? Wyt ti’n cofio’r cyflwynydd? Roedd yn ddyn bach twt mewn siwt berffaith yn steil yr oes o’r blaen. Safai mewn rhyw fath o bulpud ger ochr y llwyfan yn cyflwyno’r perfformwyr mewn modd dramatig ar y naw gyda’r geiriau mwyaf gwych a’r cytseinedd gorau yr oedd gan yr iaith fain i’w gynnig. Wyt ti’n cofio rŵan? Os wyt ti, mi rwyt ti wedi gweld ein hen brifathro ni!

Roedd pawb yn y neuadd yn fyddin fawr werdd drefnus. Mae’n rhaid bod lliw wedi cyrraedd erbyn hynny. Ar ochr chwith y llwyfan, roedd Miss Morys newydd gau’r piano. Roedd gwaith y peiriant hwnnw wedi ei wneud am y diwrnod a phawb unwaith eto wedi gorffen atgoffa Duw, ar lafar ac ar gân, ei fod yn garedig, cyfiawn, hollalluog ac ati, gan obeithio y byddai’n falch o glywed.

Roedd y distawrwydd yn berffaith. 'Dw i'n meddwl mai tua ugain mlynedd yn ddiweddarach y cafodd sŵn ei gyflwyno i ysgolion; os 'dw i'n cofio'n iawn.

O ganol y llwyfan, moesymgrymodd y dirprwy Mr Banks yn wasaidd tuag at y cysegr sancteiddiolaf ychydig lathenni i'r dde lle safai'r siwt fach berffaith, hynny ohoni a oedd yn y golwg y tu ôl i'r glog academaidd y gafaelai'r Dr Himbert yn ei llabedi.

'Ddy hedmastyr wil adres ddy sgŵl, plîs rimên sited.'

Er mai dyn clên iawn a hawdd mynd ato oedd yr hen Dr Himbert, roedd ganddo ryw ffordd o'i gwmpas ar adegau fel hyn. Brasgamodd yn araf ac urddasol i ganol y llwyfan. Yn ei law roedd ganddo ryw fath o lyfryn neu gylchgrawn amryliw a oedd yn anodd iawn i'w weld o gorff y neuadd. Roedd ei Saesneg yn berffaith er gwaethaf y ffaith ei fod wedi treulio blynyddoedd yn Rhydychen.

Os arhoswn ar y trywydd yma am dipyn, yr unig beth y gallech chi ei ddweud am Saesneg Dr Himbert oedd bod 'na dinc o Almaeneg i'w glywed o bryd i'w gilydd, y tinc lleiaf un, dim ond awgrym o arlliw.

Go brin fod hynny o ddiddordeb mawr i neb, oni bai am gefndir yr holl beth.

Yr adeg honno, roedd yr Ail Ryfel Byd yn dal yn weddol fyw ym meddyliau llawer o bobl ac yn destun diddorol iawn gan lawer o blant, yn enwedig ni'r hogia a oedd wedi'n magu ar yr *War Picture Library* a deunydd darllen cyffelyb, yn ogystal â Rhodd Mam a oedd yn cynnig cytbwysedd o ran ein dylanwadau.

Un o'n pleserau mawr ni oedd gwrando ar ein tadau

a dynion eraill yn ateb y cwestiwn tragwyddol, 'Be' wnest ti yn y rhyfel, Dad?'

Seren y sioe yma, wrth gwrs, oedd Mr Lloyd. Fo oedd yr arwr heb os nac oni bai. Ond roedd hanes Dr Himbert yn hyn o beth, nid yn arwrol yn hollol, ond yn fwy na diddorol. A dweud y gwir, roedd yn hanes unigryw hyd y gwn i.

Ychydig iawn o siarad oedd am hyn yn y dref, ond clywais yr hanes y tro cyntaf gan ffynhonnell gredadwy a sicr, sef Mr Huwcyn Roberts, y dydd Sul hwnnw y cymerodd y dosbarth yn lle Huws pan oedd hwnnw ar ei wyliau.

Roedd tad Himbert, yn ôl yr hanes, yn Almaenwr a oedd wedi dod i fentro gwerthu sosej yn y wlad yma ymhell hyd yn oed cyn y Rhyfel Cyntaf neu'r Rhyfel Mawr ar lafar gwlad. Roedd ei fam, ar y llaw arall, yn Gymraes a oedd yn hoff iawn o'i sosej.

O ganlyniad i droeon a gofynion bywyd ei deulu wrth gynnal eu buddiannau busnes yn y ddwy wlad, roedd Himbert bach wedi treulio hanner ei oes yn y naill a'r hanner arall yn y llall – rhyw fynd a dod bob yn ail fel petai. Gwnaeth hynny fesul cyfnodau o gyn lleied â chwe mis ond dim mwy na blwyddyn ar y tro.

Oherwydd hynny, roedd yn ystyried ei hun yn gymaint o Gymro neu Brydeiniwr ag yr oedd yn Almaenwr. Cafodd ei addysg yn y ddwy wlad bob yn ail, roedd yn siarad y ddwy iaith; yn wir tair; cystal â'i gilydd, roedd ei deulu a'i anwyliaid yn y ddwy wlad ac roedd ganddo gariad mawr tuag at y ddwy.

Felly, gyda'r rhyfel ar y gorwel yn 1939, roedd Himbert mewn cyfyng gyngor ofnadwy. Yn gyntaf, aeth i'r barics yn Wrecsam a chynnig ei hun i'r Ffiwsilwyr Cymreig. Popeth yn iawn, tan iddo ddod yn ei ôl yr wythnos ganlynol i ddechrau besic trening a chyhoeddi i'r swyddogion ei fod wedi pician i'r Almaen yn y cyfamser i weld ei nain, ac wedi ymuno â byddin yr Almaen yr un pryd. Aeth hyn ddim i lawr yn rhy dda efo rhai ohonyn nhw.

Roedd Himbert yn meddwl mai'r peth tecaf i'w wneud fuasai chwe mis bob yn ail yn y naill a'r llall, pe byddai'n ddiogel iddo deithio dan yr amgylchiadau. Fel hyn, fyddai o ddim yn pechu yn erbyn ei deulu yma na'i deulu yn yr Almaen.

Roedd 'na ddigon o debygrwydd rhwng y medrau a oedd yn ofynnol gan y ddwy fyddin ac o'r herwydd roedd yr hyfforddiant yn hynod o debyg. Yr unig beth y byddai'n rhaid iddo fod yn ofalus ohono, oedd ceisio osgoi sefyllfaoedd lle byddai'r Ffiwsilwyr a'i gatrawd yn yr Almaen yn ymladd yn erbyn ei gilydd.

Ie, ie. 'Dw i'n gwybod bod rhyw dinc anhygoel i hyn oll, ond yn wir i ti, felly y bu hi. Roedd Huwcyn Roberts wedi clywed yr hanes o ffynonellau dibynadwy a gonest.

Cyn belled ag yr oedd Huwcyn yn gwybod i sicrwydd, yr unig dro y bu hyn yn embaras i Himbert druan oedd pan gymerodd yr hen ddewin deuoliaeth ran yn y *blitzkriek* ar Dunkirk a gwelodd Robin y Llefrith ymysg y carcharorion Prydeinig, efo'r Lincolnshires mae'n debyg. Cafodd ei gywilyddio'n ddi-flewyn-ar-dafod o flaen yr Almaenwyr go iawn gan Robin am iddo fethu â thalu ei fil llefrith ers dechrau'r rhyfel.

Bu'n destun sbort mawr gan ei gyd-filwyr, yn enwedig pe byddent yn digwydd taro heibio i Robin a'i griw ar ochr y compownd weiren bigog, a dynwared brefu gwartheg a rhyw bethau gwirion felly. Pwy ddywedodd nad oes gan yr Almaenwyr synnwyr digrifwch?

Hawdd credu Huwcyn Roberts bod 'na wir yn y stori dda 'ma... ond tipyn o waith i'r dychymyg yw derbyn bod Himbert yn arfer gwisgo'r naill wisg filwrol o dan y llall, jyst rhag ofn.

Go brin y dylen ni ryfeddu bellach at y modd y mae chwedl yn gallu mynd rhagddi ar hyd y blynyddoedd, ond yn wir, diawch, yr hen stori 'ma bod Himbert wedi ei ddal o'r diwedd ym mrwydr El Alamein yn diosg y wisg Almaenig i fod yn un o'r Ffiwsilwyr unwaith eto, tra'r oedd heidiau o Almaenwyr yn ildio i Monti... Huwcyn bach!

Hyd y gwn i, a hyd y gŵyr neb arall am 'wn i, heblaw Himbert ei hun efallai, ni chafwyd erioed yr un ateb nac awgrym ynglŷn â sut y bu i Himbert ddygymod â'r anghysondeb moesol yn hynny o beth, ac nid y bil llefrith ydi'r prif beth o dan sylw wrth gwrs.

Nes ymlaen, nid bod 'na unrhyw gysylltiad wrth gwrs, na na, dim o gwbl ar f'enaid, aeth yn aelod pwysig a dylanwadol o'r Seiri Rhyddion yn y ddwy wlad hefyd.

Cawsom un neu ddwy o straeon diddorol eraill gan Huwcyn, ond dyna ddigon ar y trywydd yma, rhag ofn i ni golli trywydd yr hyn oedd yn digwydd yn neuadd Ysgol Ramadeg Pen yr Aber y bore hwnnw.

Chwifiodd Himbert y llyfryn lliwgar uwch ei ben mewn modd a oedd yn ein hatgoffa ni'r hanesgwn o'r modd yr oedd Chamberlain wedi chwifio'r darn bach hwnnw o bapur a oedd yn mynd i atal yr Ail Ryfel Byd.

Ar draws y neuadd, o un o'r ffenestri uchel yn y cefn, tywynnai pelydryn hirfain o heulwen drwy'r gwyll tuag at y llwyfan gan wneud i sbectol Dr Himbert fflachio fel ffenestri bomar o'r Almaen yn erbyn nos y llenni duon – ar fin cael ei saethu i lawr.

Cyhoeddodd Himbert yn ei lais cornsiaradaidd:

'This is a sad day for Pen yr Aber Grammar School!'

Chwifiodd eto a fflachiodd y tudalennau amryliw o'n blaenau.

'This foul file of filth, this vile volume of venom, this disgusting devilish document... has been found in the boys' cloakroom!'

Ymdreiddiodd y distawrwydd llethol i bob twll a chornel o'r neuadd, i bellafoedd y bydysawd ac i lawr yr holl ganrifoedd maith. Chwifiodd eto.

'As a konsekvens, erm I mean consequence...'

Ond cyn iddo gael gair arall o'i ben, clywyd llais bachgennaidd a hollol eglur y Bonwr bach Alistair Walker yn pibo o'r rhes flaen:

'Hold it still Dr Himbert, I can't see the pictures!'

Wedi cyfnod diddiwedd arall o ddistawrwydd syfrdan, edrychodd Mr Banks dros ymyl ei sbectol i lawr at y rhes flaen. Cododd ei fraich er mwyn amlygu'r ffaith ei fod yn pwyntio at y llyfryn llygredig a oedd erbyn hyn yn ymgrogi'n llipa o law ddyrchafedig delw stond yr hen Dr Himbert.

Cyn iddo agor ei geg, oedodd Banks am eiliad. Roedd Walker bach yn y gwaelodion yn edrych yr un ffunud â'i daid, y Parchedig Lefi Vaughan. Edrychodd Banks i lawr arno o'r galeri. Roedd llygaid y bychan wedi eu dyrchafu fry ar weddi.

'Be' wyt ti'n ei wybod am hyn oll ysgwn i Walker?'
'Shit!'

Gwnaeth fraich faith Mr Banks arwydd tuag at yr athrawon a oedd yn eistedd yng nghefn y neuadd.

'Mr Edmunds! Mr Thornhill! *Please!*'

Ysgubodd dwy glog ddu academaidd i du blaen y neuadd, ac ysgubwyd Walker allan, fel dwy frân yn ymladd dros furgyn draenog.

Trwy'r drws yn ochr dde'r neuadd, clywyd y gyflafan. Geiriau gwrywaidd y ddwy glog yn dwrdio Walker bach a'i waldio i drwch blewyn o'i afael ar fodolaeth... tra'r oeddem ni'r plant da yn eistedd mewn parchedig ofn, ein llygaid wedi eu hoelio ar yr hen Dr Himbert wedi ei barlysu o'n blaenau fel sgetsh plentyn o Gerflun Rhyddid efo'r ffaglen ar ddisgyn o'i llaw wedi ei diffodd gan wynt y Dwyrain.

'Dw i'n ysgwyd wrth feddwl am hyn oll. Daeth i'r fei, ond eu bod wedi penderfynu peidio ag ypsetio'r plant y bore hwnnw yn y neuadd, bod sioc yr holl beth wedi rhoi hartan i'r hen Himbert, a'i fod wedi marw o'n blaenau yn y fan a'r lle, yn dal i sefyll yn stond efo'i siwt stiff a'i grys wedi startsio yn ei gynnal ar y llwyfan – yr hen arwr rhyfel a wasanaethodd ei ddwy wlad mor ffyddlon – yn sefyll yn fan'na fel delw o'r hen Neville Chamberlain yn chwifio'i bapur i gyhoeddi...

Heddwch yn ein hamser!

Pennod 7

Slasher

Rŵan, tyrd efo fi'n ôl i'r ysgol unwaith eto. Digwyddodd hyn ychydig o fisoedd yn ddiweddarach, ond yn gyntaf dyma ryw ystyriaethau bach i... wel... dy roi di yn y darlun fel petai.

Mae'n rhaid cofio, yn enwedig chi'r bobl ifanc, ein bod ni'n chwarae'r castiau 'ma ers talwm heb fantais yr holl dechnoleg wych sydd i'w chael erbyn heddiw. Mi'r oedd hi'n reit galed arno' ni wyddost ti. Roedd rhaid i ni fod yn ddyfeisgar... ac ambell waith yn sylwgar hefyd... fel yr adeg 'dw i'n mynd i sôn amdani nesaf.

Yn anffodus, fel y clywaist yn y bennod flaenorol, roedd yr hen brifathro newydd farw, yn ferthyr i ddichwaethdra a diffyg moesau'r oes newydd. Yn fwy anffodus fyth, mi gawson ni un arall lot gwaeth yn ei le. Rhag ofn i gyfreithwyr y Wasg ddechrau poeni, 'dw i wedi cael caniatâd ysgrifenedig ei ddisgynyddion i ddweud bod ganddo'r enw annhebygol, anhygoel ond gwir, Mansel Asher. Fedri di gredu? Ond nid dyna'r unig reswm y cafodd y ffug enw Slasher gan y plant.

Yr arfer yn ein hysgol ni oedd bod y prifathro yn arwain gwasanaeth bob bore yn y neuadd. Roedd gan Slasher ymarweddiad caled, oeraidd a didostur. Y drefn ganddo oedd bod y dirprwy a'r athrawon eraill yn hel y plant i'r neuadd, gosod trefn berffaith ar y lle, ac y byddem wedyn yn eistedd mewn distawrwydd disgwylgar hyd nes byddai yntau, Slasher, yn dod i'r llwyfan yn ei ŵn du a'i holl ogoniant pwysig. 'Dw i'n gwingo heddiw wrth gofio ei lais cras metelaidd yn taranu'r cyhoeddiadau drwy'r uchelseinyddion pwerus i fyny ar y wal o boptu i'r llwyfan.

Un o'r adegau y daw'r atgof annifyr hwnnw yn ôl i'm diflasu yw wrth wylio un o'r rhaglenni hanesyddol hynny am yr hen Hitler yn annerch ei ffyddloniaid yn y neuadd fawr honno yn yr Almaen ers talwm. Os oedd yr hen brifathro yn aelod o fyddin gyffredin yr Almaen o bryd i'w gilydd — roedd yr un newydd yn waeth nag un o'r SS wedi codi ar ochr rong y gwely.

Dichon fod un neu ddau o'r darllenwyr wedi dechrau magu'r argraff nad oeddwn i yn rhy hoff o Slasher. Mae'n rhaid cynnig y sylw, fodd bynnag, ein bod ni'n gweld erbyn hyn mai dyn ansicr oedd o, a'i fod fel llawer o bobl felly, yn magu'r gragen honno o rwysg a gwytnwch sy'n cuddio'r canol meddal, fel petai.

Pwy ydi'r 'ni' yma sy'n sylweddoli hyn erbyn heddiw? Wel... Tomi Hafan a fi. Roedd Tomi wedi sylwi rhywsut neu'i gilydd bod Slasher, ar ei ffordd i'r neuadd bob bore, yn galw'n ddi-ffael yn ei dŷ bach a oedd hanner ffordd i lawr y coridor rhwng ei ystafell a'r neuadd. A oedd hyn tybed yn arwydd o nerfau drwg?

Anodd iawn yw cofio'n union sut y digwyddodd yr hyn 'dw i'n mynd i'w ddwyn i gof rŵan, ond mae'n debyg bod rhyw hel meddyliau wrth wag swmera — a hoffter o bethau bach budron bywyd — wedi ein harwain at yr anfadwaith anfaddeuol sy'n dilyn.

Tomi, meddan nhw, oedd yr athrylith mwyaf a dywyllodd ddrws yr ysgol 'cw erioed. Roedd ei allu technolegol a gwyddonol yn ail i neb. O barch iddo, bydd rhaid cadw'n gyfrinach y modd y llwyddodd i gael hyd i hanner can llath o weiren uchelseinydd a meicroffon.

Os oeddwn yn parchu dymuniad teulu Slasher ynglŷn â'i enw, 'dw i'n parchu hefyd dymuniadau teulu dyn arall, y dyn pwysicaf ym mhob ysgol, a dyn na fyddai'r tric yma wedi gallu digwydd hebddo — neu heb ei barodrwydd i beidio â gweld pethau, o leiaf. Mi geith ei enw yntau fod yn gyfrinach am byth, heblaw i ni sy'n gwybod ynte! Dyna dystiolaeth arall o'r farn am yr hen Slasher, os oedd angen mwy o gwbl.

Mae ffenestr i bob tŷ bach, ac roedd ffenestr hefyd, diolch byth, yn wal y neuadd, y tu ôl i'r llwyfan, dim ond rhyw ddwy lath o'r uchelseinydd, a hynny'r un ochr i'r neuadd â'r coridor heibio i'r tŷ bach chwedlonol hwnnw.

Digon hawdd oedd cysylltu'r weiren â'r uchelseinydd a thywys y weiren yn ei thro drwy'r ffenestr ac ar hyd y tu allan a thrwy ffenestr yr orseddfa arswydus. Tipyn mwy o broblem wedyn oedd cuddio meic tua chwe modfedd o hyd a modfedd a hanner ar ei draws mewn tŷ bach diaddurn a diddodrefn, gan gofio hefyd bod rhaid cuddio'r weiren.

'Be' ddiawl wnawn ni, Tomi? S'na ddim lle i guddio'r blydi meic 'ma yn unlle.'

Y cwbl wnaeth Tomi oedd gwenu'n ddireidus, estyn ei law uwchben y pan a thynnu'r tsiaen... efo'r geiriau:

'Ti'n gweld dim weithia' 'sdi.'

Prysurodd Tomi i ddatod y ddolen gydio oddi ar waelod y gadwyn, ac yn ei lle bachodd y meic. Hyd heddiw, mae'n dal i fod yn rhyfeddod i mi mor debyg oedd y meic hen ffasiwn hwnnw a'i ben i lawr, i ddolen gydiol tsiaen tŷ bach. Digon tebyg beth bynnag i lygad rhyw bwysigyn blin efo'i feddwl ar bethau eraill.

Ymhen dim, roedd Tomi wedi llwyddo'n ddechau iawn i fwydo weiren o'r meic i fyny rhwng dolenni'r gadwyn, i fyny'r tu ôl i'r tanc dŵr ac allan trwy'r ffenestr. Job dyn!

Drannoeth, roedd dwy galon yn curo'n drwm yn yr hedd perffaith arferol cyn y gwasanaeth. Yn sydyn, o gyfeiriad yr uchelseinydd uwchben y llwyfan, daeth sŵn creciadau bach trydanol. Chymerodd neb fawr o sylw. Ddim i gychwyn beth bynnag.

Eto o'r uchelseinydd, a'r sain wedi ei chodi i'r eithaf, clywyd drws yn agor a gwich yr hinj, yna sŵn drws yn cau, yna sŵn rhyw fan chwibanu a mwmian a thraed yn mynd ar hyd y llawr. Wedi eiliad neu ddau o ddistawrwydd eto, clywyd sŵn sip trowsus yn chwipio'n agored, rhywun yn clirio'i wddw, eiliad o ddistawrwydd yna sŵn llif o ddŵr yn taro i mewn i ddŵr arall, hwnnw'n mynd yn ei flaen am... bump, efallai saith eiliad, yna eiliad neu ddau o ddistawrwydd a sŵn llif bach arall, dim ond un byr – sŵn clirio gwddw eto, plonc y tsiaen yn cael ei thynnu a rhu byddarol y llifolchiad olaf.

Yna, ychydig eiliadau yn ddiweddarach, daeth y prif i mewn i dyndra tawel a di-smic y neuadd ac i fyny'r grisiau i'r llwyfan.

'Dw i ddim yn credu bod neb yn yr ysgol, yn cynnwys yr athrawon, ac un gofalwr bochgoch llon, wedi stopio chwerthin tan o leiaf amser chwarae.

Neb, hynny yw, heblaw Slasher.

Pennod 8

Un hawdd gweld trwyddo

Pethau cymharol ddiniwed ac angylaidd, fel rhechan yn y cysegr, dinoethi a gwenwyno gwragedd parchus, lladd un prifathro a darlledu gweithredoedd preifat un arall — ac wrth gwrs, cywilyddio Mam — hynny, fwy neu lai, oedd ffin ein beiddgarwch yr adeg honno. Ddim yn rhy ddrwg, chwarae teg.

Roeddem yn y bôn yn blant parchus a moesol, wedi ein cysgodi rhag dylanwadau drwg y byd mawr yn ein hencil bach yng nghanol gogledd Cymru. Prin iawn iawn oedd neb o'r tu allan. Cyn dechrau adeiladau'r ystadau mawr o fyngalos ac ehangu'r gwersylloedd haf, yr unig un a ddaeth atom o wlad arall mewn gwirionedd oedd yr hen Iani, ffoadur o hen wlad Tsiecoslofacia. Yn wahanol i'r rhai a ddaeth yn ei sgil, ond nid o'r un wlad, dysgodd yr hen Iani yr iaith Gymraeg. Mawr oedd ei barch tuag atom ni a'n parch ninnau iddo yntau.

Duwcs! Mae'n anodd peidio â chrwydro ac ymylu ar fod yn amherthnasol weithiau! Ond mae hyn oll yn rhyw lun ar gyflwyno cast arall!

I ni, fandaliaeth a dim byd arall oedd castiau dinistriol fel torri ffenestri, os oedd yn fwriadol, ac roedd dwyn yn beth llawer gwaeth i'n tyb ni. Fodd bynnag, ymysg y llu o ymfudwyr a ddaeth â'u gwareiddiad i oleuo ein tywyllwch, yr oedd y cawr Tony Riley.

Taith fyrrach o lawer i Gymru gafodd hwnnw na'r hen Iani. Un o bell a ddaeth yn agos oedd Iani, ond un o'r rhai o agos a arhosodd yn bell oedd Ti Ar. Os oedd ffin diwylliant a chenedl yn rhy anodd iddo ei chroesi, nid oedd hwn eto wedi hyd yn oed cyrraedd ffin ei feiddgarwch.

Y rheswm y daw'r stori yma i'r cof mor barod yw ei bod wedi digwydd noson eisteddfod y capel. Cynhelid hon ym Moderob, yn yr ysgoldy, noson troi'r clociau'n ôl bob blwyddyn. Ni fuasech, wrth gwrs, wedi gweld cymaint â chysgod Ti Ar a'i debyg ar gyfyl y lle.

Efallai mai un rheswm y cynhelid hi'r noson honno oedd ei bod yn mynd ymlaen fel arfer hyd oriau mân y bore. O ennill awr ar y cloc, gallai pobl deimlo o leiaf nad oedd hi mor hwyr ag yr oedd mewn gwirionedd. Wel, efallai. Nid yr eisteddfod ei hun yw'r atgof y tro hwn fodd bynnag, ond yr hyn ddigwyddodd wedyn.

Wrth gyrraedd adref y noson honno, o glywed fy mrawd a fi yn mwmian yr alaw a Mam yn eilio'r gainc, fuasech chi erioed wedi credu i ni gael y cam o'n gosod yn bedwerydd ar ddeg yn ein cystadleuaeth. Beth bynnag, ar y llwybr at y tŷ, fe wnaethon ni sylweddoli, er braw mawr, bod un o chwarelau'r ffenestr ffrynt wedi torri. Roedd hi'n noson ddigon oer, a bu chwilota ar frys am rywbeth i orchuddio'r ffenestr ac yn y man cafwyd darn o fwrdd coed plei a styllen i'w ddal yn ei le.

Diawch erioed! Tra roeddwn i yno yn taro'r hoelion, gwelais fod ffenestri cryn nifer o ystafelloedd ffrynt eraill yn y stryd wedi eu goleuo hefyd – a bod pobl eraill wrthi hefyd yn ceisio gwneud rhywbeth tebyg. Hawdd y gallech ddychmygu y bu hi'n gryn gynhadledd wedyn o dan olau lamp y stryd. Allai hyn ddim bod yn gydddigwyddiad! Pwy neu beth fyddai wedi gwneud y fath beth? A ddylid galw Sarjant Puw?

Beth bynnag, y bore a ddaeth, Sarjant Puw a ddaeth, ond er codi'r haul ni chafwyd goleuni. Yr unig beth i'w wneud oedd ymorol am drwsio'r ffenestri, gan obeithio y deuai rhyw fath o eglurhad i'r fei yn hwyr neu hwyrach. Mentrodd un neu ddau wneud y gwaith eu hunain, ond i'r rhelyw, roedd rhaid galw'r cwmni gwydro. Teg yw dweud hefyd mai cryn ofid oedd hynny i rai oherwydd y gost a'r drafferth. Ar ben hynny, oherwydd pwysau gwaith y cwmni gwydro yn gosod ffenestri ar yr holl fyngalos melltigedig newydd 'ma, byddai'n rhaid aros bron iawn i ddau fis cyn cychwyn y gwaith!

Yna, yn hollol annisgwyl, atom yn ein hawr ddu, daeth angel gwarcheidiol. Nid Gabriel oedd ei enw fodd bynnag, ond Mistar Riley.

Er mai anodd yw ysgrifennu yn acen Lerpwl, rhywbeth fel hyn oedd ei gân: 'Down wyrri Misys, ai can ffics yer window — an dw it at y ffêr prais. Mi da's got lôds o peins ddat sais lwf. Wi iwsd tw dw windyrs bac in Lifypiwl laic.'

Derbyniodd pawb bron iawn ei gynnig yn ddigon bodlon — ac mae'n rhaid dweud hefyd ei fod, chwarae teg iddo, wedi gwneud job iawn o'u trwsio. Daeth i ben â rhoi trefn ar saith ffenestr y diwrnod hwnnw. Casglodd ei gyflog ac aeth adref yn hapus.

Roeddem ninnau hefyd yn hapus, yn hapus iawn, hynny yw, tan ail ymweliad Sarjant Puw â'n stryd fach dawel. Fel arfer fyddech chi ddim yn ei weld yn amlach nag unwaith mewn dwy neu dair blynedd — oni bai eich bod y tu allan i dafarn y Parrot ar ddiwrnod marchnad yn ei wylio'n helpu ffermwyr meddw gaib ulw racs i mewn i'w faniau a'u tractors ac yn eu siarsio i yrru adref yn ofalus.

Bobol bach! Dyna fi'n crwydro eto. Sori.

Newyddion brawychus oedd gan yr heddwas bonheddig, newyddion a oedd yn ddigon i siglo'r dref i'w sail yr hydref hwnnw.

Yn gryno iawn, rhag ofn cadw'r darllenydd ar bigau'r drain, roedd Ti Ar wedi ei gymryd i'r ddalfa lle'r oedd Sarjant Puw a'r Cwnstabl Ifans wedi rhoi cweir iawn iddo am ei drafferth – a byddai'n sefyll o flaen ei well y dydd Llun hwnnw a'i lygaid yn ddu, wedi ei gyhuddo o ddwyn nifer o chwarelau gwydr o'r cownti sgŵl.

Tric bach ein hangel a gwympodd oedd ei fod yntau a'i frodyr, ac mi dybiwn ni chwaer neu ddwy hefyd, yn torri un neu ddwy o ffenestri'r ysgol neu rywle arall o bryd i'w gilydd. Efallai na fydd y darllenydd yn gwybod erbyn heddiw bod meintiau safonol yr adeg honno i rai chwareli gwydr a bod yr un meintiau i'w cael ar dai, ysgolion, swyddfeydd ac adeiladau eraill yn ddigon cyffredin.

Ond pa fudd oedd i chwarelau gwydr wedi eu torri? Gallet ofyn yn wir.

Yr hyn a wnâi'r fandaliaid anonest a diegwyddor oedd torri'r ffenestr, yn yr ysgol neu nifer o fannau eraill, yna aros hyd nes byddai'r gofalwr neu rywun wedi ei thrwsio, yna mentro allan ym mherfeddion y nos i dynnu'r chwarel newydd allan tra'r oedd y pwti yn dal yn wlyb. Yna, mi fyddai gan ein Sgowsar anystywallt y modd i drwsio ffenestr rhywun arall... am bris rhesymol iawn, wrth gwrs.

Hyd y gwn i, unwaith yn unig y llwyddodd Ti Ar i wneud hynny yng Nghymru fach. Unwaith yn unig, ond wedyn, doedd o ddim yn Gymro.

Pennod 9

Tair gwaith i Gymro

Andros o hogyn mawr oedd Idwal. Yn dair ar ddeg oed mi fyddai'n rhaid i Huws y Crydd wneud 'sgidiau arbennig iddo oherwydd ei fod wedi tyfu drwy bob seis dynion oedd i'w gael yn y siopau yr adeg honno.

Ffermwyr godro oedd teulu Idwal, yn trengi mewn tlodi ar eu fferm fach dri chan acer, a diolch byth bod ganddyn nhw wersyll carafanau bach efo'i far ei hun, neu mi fasa wedi bod yn waeth. Aberth felly oedd bod rhaid i'w fam druan wneud trowsus a blesyr i Idwal allan o garthen lori wair oedd bron yr un gwyrdd â'r wisg ysgol. Roedd ei gorff, fel ei draed, wedi tyfu drwy bob seis hefyd.

Ond y rhai a'i cafodd hi waethaf yn y fargen, os gofynnwch chi i mi, oedd y ceffylau brid hynny ar y fferm y byddai Idwal wrth ei fodd yn eu marchogaeth ar hyd a lled y wlad gan wisgo het stetson fawr wen yr oedd ei ewythr, brawd ei dad, wedi dod â hi'n ôl iddo o America.

Roedd rhai yn dweud amdano, pan oedd yn plygu i lawr i glymu careiau ei 'sgidiau yn y bore bach, nad oedd modd gweld yr haul yn codi tros Fryniau Clwyd. Tydw i ddim yn credu hynny os ca' i fod yn onest. Mi gei gymryd, o leiaf, bod Idwal yn andros o hogyn mawr.

'Dw i'n cofio un bore, tua dechrau mis Medi, ac roedd y dirprwy, Mistar Banks, yn hel plant y flwyddyn gynta drwy'r pethau arferol a fyddai'n digwydd tua dechrau'r tymor.

Gyda llaw, tra'r ydan ni efo Mr Banks, dyma i ti stori fer amdano sy'n dal i godi peswch bach o dro i dro.

Tua dechrau rhyw flwyddyn ysgol neu'i gilydd, fel yr adeg o dan sylw yn stori Idwal, roedd Mr Banks wrthi yn ôl ei arfer yn croesawu a chadw trefn ar blant newydd y flwyddyn gyntaf. Gan ddeall yn iawn fod rhai o'r plant yn nerfus ac ofnus, heblaw'r un neu ddau arferol a fyddai'n llwyddo i anfarwoli eu hunain o fewn llai na hanner awr wedi iddynt gyrraedd, byddai'r hen foi yn crwydro yn eu plith o bryd i'w gilydd i ddweud rhyw air neu ddau am y tywydd, ei fod wedi gweld mam neu dad un ohonynt yn y dref, neu rywbeth felly.

Gwelodd rhyw fachgen bach cringoch â golwg braidd yn unig arno.

'Ew, sut ma'i 'machgen i? 'Dw i'n dy nabod di yndw! Hogyn Wil Bevan o Drem yr Afon wyt ti ynte.'

'Naci, syr.'

'Naci, syr, yn wir! Paid â malu. 'Dw i wedi dy weld di droeon yn chwarae wrth y tŷ... a beth bynnag, mi'r wyt ti'r un ffunud â dy dad ... yr un wep, yr un gwallt, yr un clustiau... Bobol annwyl, ti hyd yn oed yn sefyll fel mae o'n sefyll efo dy...'

'Naci, wir, syr. Mab Siân Huws yr organyddes ydw i, syr. Mae Mr Bevan yn byw drws nesa.'

Roedd yr hen Banks yn un da am ddiflannu'n reit sydyn hefyd pan fyddai'r galw!!

Rheswm arall dros gofio'r adeg honno, a hwnnw'n un trist go iawn, oedd bod tad Idwal druan wedi disgyn yn farw wrth ei waith tua dechrau gwyliau'r haf y flwyddyn honno.

Hefyd, yn hollol ar wahân i'r stori o dan sylw, ond efallai'n berthnasol iddi ar un olwg o leiaf, trist yw nodi wrth roi pin ar bapur, fod Idwal ei hun bellach wedi ein gadael, ers rhai blynyddoedd. Heb fwriad yn y byd i fod yn wamal na cheisio bod yn ddramatig am funud, o gofio ymadawiad sydyn ei dad, a hwnnw'n ddyn cymharol ifanc hefyd, pwy a ŵyr nad oedd rhyw etifeddiaeth gudd arall, heblaw'r holl gyfoeth bydol hwnnw, wedi bod yn llechu yn nyfnderoedd Idwal, yn barod i gipio'r hen foi a'i ddodi i sefyll yn rhengoedd ei gyndadau. Ew! Y tro diwethaf y gwelais Idwal, roedd ganddo rewgell anferthol o dan ei gesail, yn martsio ar hyd ochr y siop nwyddau trydan a sefydlodd gyda'i frawd. Roedd yn gwenu fel giât wrth floeddio 'Su' mai?', yr un wên siriol honno ag y byddai'n ei thywynnu pe byddai rhywun yn adrodd y stori hon amdano ar ôl rhyw beint neu ddau yn y Parrot.

Beth bynnag, yn yr ysgol y bore hwnnw roedd hi'n anarferol o oer a dyna lle'r oedd criw bach ohono' ni'r hogia yn twymo'n tinau ar y redietyr ac yn glanna' chwerthin ar ryw jôc ddi-chwaeth. 'Dw i ddim yn cofio'r jôc ond mae'n rhaid ei bod yn ddi-chwaeth. Dyna'r unig fath y byddem yn eu dweud.

Daeth yr hen Banks atom. Hen foi iawn, andros o ddyn clên, oedd yr hen Banks; un parod ei sgwrs a byth yn gweld ei hun uwchlaw neb, chwarae teg iddo. Doedd o ddim ond ffaif ffwt tŵ yn ei sanau.

'Ha ha ha ha ha ha ha ha ha ha ha ha ha!'

'Duwcs hogia, rwbath doniol?'

Ie, un chwim oedd o hefyd.

Beth bynnag, trodd llygaid Banks, yn llawn tosturi, at Idwal. Safodd o'i flaen efo'i drwyn fwy neu lai gyferbyn â botwm bol yr andros o hogyn mawr. Edrychodd Banks i fyny yn araf.

'Duwcs, Idwal bach... Ym... mae'n ddrwg ofnadwy gen i 'machgen i. Bobol bach, yn ddrwg ofnadwy yn wir.'

'Diolch, Mr Banks.'

'Ym... duwcs... doeddwn i ddim yn gwybod hyd yn oed bod dy dad annwyl wedi bod yn sâl sdi 'machgen i. Bobol bach, ofnadwy yn wir. Ym... os ca'i ofyn... be' oedd yn bod ngwas i?'

Beichiodd Idwal ryw fymryn ac wedi ailafael ynddo ei hun trodd ei wyneb i lawr i gyfeiriad Banks ac atebodd yn araf yn ei lais dwfn siocledaidd:

''Dw i'm yn gwybod, syr. Dim byd siriys 'dw i'm yn meddwl.'

Trodd Banks ar ei sawdl a'n gadael mewn distawrwydd.

Ond duwcs, unwaith eto mae'r holl hel atgofion 'ma yn eich cadw rhag y castiau. Sori.

Daeth y ffotograffydd i'r ysgol. Mae'n siŵr eich bod bron i gyd wedi bod mewn o leiaf un o'r lluniau ysgol hir hynny, sy'n hel llwch mewn droriau ar hyd a lled Cymru. Mae'n siŵr eich bod i gyd hefyd yn hen gyfarwydd â'r hen dric o redeg o un pen i'r llall i drio cael eich llun arno ddwywaith. Na? Wel...

Diolch i oruchwyliaeth a threfn Mr Banks, gosodwyd y camera. Gosodwyd y meinciau mewn hanner cylch. Gosodwyd y plant ar y meinciau. Gosodwyd yr athrawon yn eu canol – ac yn olaf gosodwyd Slasher yn eu canol hwythau, er mai ychydig iawn o urddas yr oedd wedi llwyddo i'w adfer yn dilyn ei ddarlledïad boreol i'r ysgol y flwyddyn flaenorol.

Yr arfer efo'r lluniau hirion 'ma ydi bod y rhai talaf ar hyd y cefn, efo'r talaf o'r rheini yng nghanol y cefn a'r talaf ymysg y talaf yng nghanol canol y cefn. Y drwg oedd, y tro hwnnw, bod Idwal mor dal ac mor llydan, mi fuasai ei osod yng nghanol canol y cefn wedi bod braidd fel gosod afal yng nghanol rhes o bys, nid yn unig yn tynnu sylw oddi ar y bodau bach gwyrdd eraill ond oddi ar weddill y llun, yn cynnwys Slasher ei hun.

Felly, roedd y ffotograffydd yn ei ddoethineb celfyddydol wedi gofyn i Idwal sefyll ar ben y rhes gefn, ar yr ochr chwith, yn ymyl bachgen arall gweddol fawr, gan hanner cuddio ei hun y tu ôl i hwnnw. Wrth gwrs, o'r chwith i'r dde y byddai'r camera yn troi er mwyn cynnwys pawb yn y llun.

Rŵan, rhag ofn bod rhywun wedi anghofio egluro, roedd ei brofedigaeth wedi taro Idwal oddi ar y cledrau rhyw 'chydig, a byddai'n gweld ei gyfle o bryd i'w gilydd i dynnu sylw ato'i hun efo rhyw ddireidi neu'i gilydd, digon diniwed fel arfer.

Unwaith yr oedd y camera wedi dechrau symud, roedd pawb yn wynebu tua'r blaen, a dim modd gweld dim byd o gwmpas – a hyd yn oed petai rhywun wedi amau bod rhywbeth yn digwydd, roedd hi'n rhy hwyr.

Rhy hwyr i weld Idwal yn gosod yr het stetson fawr wen ar ei ben, rhy hwyr i weld Idwal yn gwenu fel giât ar y camera, rhy hwyr i weld Idwal yn ymadael â'i safle, rhy hwyr i weld Idwal yn sefyll eto yng nghanol y canol yn ei het fawr wen a'i wên fel giât, rhy hwyr i'w weld yn sefyll eto'r pen arall ar y dde, eto yn ei het fawr wen a'i wên fel giât.

Wel, dyna ni, fel y crybwyllwyd, roedd Idwal wedi mynd yn dipyn o hogyn drwg ar ôl colli ei dad. A'r diwrnod hwnnw mi gafodd gyfle i fod yn hogyn drwg dair gwaith ar un golwg, neu os mynnwch, yn hogyn drwg unwaith ond ar dri golwg. Rhy hwyr! Rhy hwyr! Rhy hwyr!

Pennod 10

Stwffio'r pastwn gwyrdd

Gair bach o rybudd ac eglurhad yn gyntaf. Mae ambell un, wedi iddo glywed y stori fach yma, wedi taeru ei fod wedi ei chlywed o'r blaen a hynny ynglŷn â chriw o fyfyrwyr tua Bangor mewn cyfnod ychydig yn ddiweddarach na'r cyfnod o dan sylw. Dichon fod hynny'n wir. Mae'r rheswm yn un syml iawn. Ffrwyth dychymyg ysbrydoledig fy mrawd a fi oedd y cast yn y stori. Ni a'i gweithredodd yn gyntaf. Ein heiddo ni ydyw a neb arall. Os yw'n wir fod criw o fyfyrwyr wedi ei chwarae eto flynyddoedd yn ddiweddarach, nid yw hynny ond tystiolaeth o'r modd y gall stori wir a chredadwy grwydro'r wlad a mynd yn rhyw fath o eiddo i bawb, yn llên gwerin os mynni di. Beth bynnag, ymlaen!

Rhyw amser segur a di-fudd yw gwyliau'r haf, amser gwag swmera, loetran a thindroi yn niwl y môr. Wel, felly maent yn gallu bod mewn llefydd eraill, ond nid ym Mhen yr Aber.

Y bore hwnnw, roedd fy mrawd a fi wedi cael ein hel i siop Irwins o barchus goffadwriaeth i nôl y bocs arferol o nwyddau a fyddai'n ein cynnal drwy'r wythnos. Wedi i ni fynd heibio i siop Hywel ac oedi am funud neu ddau i chwerthin am ben cadair galed ddoniol ddigon a chyfoes ei chynllun yn ffenestr siop Huw Jones, a meddwl y byddai'r twll yng nghefn y sedd i'r dim i dorri rhech drwyddo, dyma ni'n troi i groesi'r stryd a dod o fewn trwch blewyn i syrthio ar ein pennau i mewn i dwll yr oedd rhywun wedi ei gloddio wrth ymyl y palmant.

Pe byddem ni wedi bod yn sbïo lle'r oeddem yn mynd, fyddem ni ddim ychwaith wedi llwyddo i ollwng llond bocs o bethau fel menyn, caws, cig moch, jam, wyau, blawd a rhyw ddeiliach iachus rhag ofn i rywun alw i de dydd Sul — y cwbl i ganol y baw a'r cerrig rhwng y pibellau dŵr ac ati.

Petaem ni wedi sbïo byddem wedi gweld yr arwydd coch a gwyn *Road Works Ahead* ar ganol y sgwâr yr ymadawai'r ffyrdd oddi arni i Denbigh, Lanroost ac ati.

Beth bynnag, roedd ein hanffawd a'n colled yn ddileit a difyrrwch di-ben-draw i ambell un arall a oedd yn digwydd bod o gwmpas, yn cynnwys gweithwyr y Cyngor a safai'n ddigywilydd yn pwyso ar eu rhawiau yng nghanol y twll yr oeddent wedi ei greu yn arbennig ar ein cyfer, yn chwerthin yn braf ac yn arllwys pob math o ffraethinebau di-chwaeth i'n cyfeiriad ni.

Dial fyddai'r unig beth! Dial perffaith a therfynol.

Roedd Mam, wrth gwrs, yn gynddeiriog. Nid yn unig y byddai'n rhaid golchi a sychu ein dillad a oedd wedi bod yn lân y bore hwnnw ond byddai'n rhaid gwario eto o'i henillion prin ar focs arall o fwyd.

'Chwerthin ar eich pennau oedden nhw? 'Dw i'n mynd yn syth i'r ffonbocs wrth y bont i ffonio'r swyddfa rŵan!'

Gyda'r geiriau 'ffonio'r swyddfa', daeth rhyw bwl rhyfedd dros fy mhen. Maent yn dweud bod Leonardo da Vinci wedi cael y syniad ar gyfer ei beiriant hedfan arbennig mewn fflach o weledigaeth, bod pobl fel Einstein wedi derbyn atebion i broblemau dyrys mewn breuddwyd neu pan oedd y meddwl ar rywbeth hollol wahanol, fel pigo'r trwyn.

Wel, tra'r oedd Mam yn chwilio am ei chôt yn y twll dan grisiau, dyna'r hyn ddigwyddodd i mi hefyd. Digwyddodd, darfu, megis seren wib.

'Ym... Mam... peidiwch â chynhyrfu gormod rŵan. 'Dach chi'n gwybod be' ddudodd y doctor ar ôl y busnes 'na efo Meira Parry! Eisteddwch chi i lawr tra bydd fy mrawd yn gwneud paned o de i chi... a gadewch i mi fynd i'r ffonbocs i roi gair i gall iddyn nhw yn y swyddfa. Wedi'r cwbl, ni gafodd y ddamwain.'

'Ond...'

'Mam... 'steddwch! Mi wna'i siarad yn gyfrifol efo nhw. Wna'i ddim gwylltio na rhoi llond pen i neb, na bloeddio na rhegi, 'dw i'n addo.'

Wedi casglu fy ngheiniogau, camais yn bwrpasol, efo gwên fawr yn cracio 'ngwyneb, i gyfeiriad y ffonbocs.

'Helo, Swyddfa'r Cyngor? Rhowch fi drwodd i Swyddfa Cynnal a Chadw'r Ffyrdd os gwelwch yn dda.'

Ychydig eiliadau. Es ati i ddyfnhau fy llais a ffugio rhyw acen Gwynedd hanner pan.

'Helo... Cynnal a Chadw'r Ffyrdd? Da iawn. Yr Athro Glanfyl Gruffydd o Brifysgol Cymru sydd yma. Mae arna' i ofn bod rhaid i mi eich rhybuddio bod criw bach o fyfyrwyr ar eu ffordd i Ben yr Aber, os nad ydyn nhw yno'n barod, i wneud rhyw fath o sdynt i godi arian trwy wisgo fel plismyn a mynd i achosi trwbl a phob math o fisdimanars ar y sgwâr yng nghanol y dref lle mae eich dynion chi yn trwsio'r ffordd y funud yma os 'dw i'n deall yn iawn... sut?... nage wir... 'dan ni wedi bod yn trio tynhau ar y pethau 'ma yn ddiweddar... ie ie yr hen 'rag wic' felltigedig 'ma... Ie ie... wel, mae'n rhoi enw drwg i'r coleg yn un peth.'

'Diolch yn fawr, Mistar Gruffydd, mi anfonwn ni rywun draw i ddweud wrthyn nhw rŵan. '

'Iawn, croeso. Da boch.'

Aeth y corn siarad yn ôl ar ei nyth. Edrychais i fyny ac i lawr yr hysbysfwrdd uwchben y ffôn. Tacsi, ysbyty, y frigâd dân... a dyma ni... Swyddfa'r Heddlu, Pen yr Aber 419. Hwrê!

Disgynnodd y geiniog drwy'r hollt. Pedwar, un, naw... brr brr... brr brr...

'Pen yr Aber Polîs, Sarjant Puw.'

'Helo, Sarjant Puw ym Mhen yr Aber?'

'Ia.'

'Helo, Yr Athro Glanfyl Gruffydd o Brifysgol Cymru sydd yma. Mae arna' i ofn bod rhaid i mi eich rhybuddio bod criw bach o fyfyrwyr ar eu ffordd i Ben yr Aber, os nad ydyn nhw yno'n barod, i wneud rhyw fath o sdynt i godi arian trwy wisgo fel dynion trwsio'r ffordd a gwneud twll a choblyn o lanast ar y sgwâr yng nghanol eich tref! Na na yn wir i chi! 'Dan ni wedi bod yn trio tynhau ar y pethau 'ma yn ddiweddar ... ie ie yr hen 'rag wîc' felltigedig 'ma.... Ie ie ... wel, mae'n rhoi enw drwg i'r coleg am un peth.'

Taranodd llais y sarjant.

'Felly wir! Gawn ni weld am hynny. Diolch i chi am eich trafferth, Athro Gruffydd.'

'Croeso tad.'

Roedd fy ngwynt yn fy nwrn a'm calon yn curo'n drwm yn fy nghlustiau wrth fynd yn ôl i mewn i'r gegin.

'Dw i wedi sortio bob dim, Mam. Maen nhw'n ymddiheuro'n fawr yn y Swyddfa... mi gawn ni gyfraniad tuag at y bwyd a... ac maen nhw am i'r dynion 'na ymddiheuro i mi a 'mrawd hefyd. Ylwch, awn ni yno'n sydyn rŵan... 'sna ddim rhaid i chi hambygio'ch hun, Mam. Mi gewch chi lythyr ganddyn nhw mae'n siŵr. Triwch orffwys.'

Rhoddais winc fach i 'mrawd a oedd yn arwydd iddo fy nilyn, ac i ffwrdd â ni i gyfeiriad canol y dref.

Yn gyntaf, fodd bynnag, mi es â 'mrawd i eistedd ar y fainc o dan y gastanwydden fawr:

'Mae 'na rywbeth y byddai'n llawn cystal i ti ei wybod cyn i ni fynd i'r sgwâr...'

Yna, yn sydyn, gwelsom Sarjant Puw a'i gwnstabl ufudd a dirwgnach yn bomio heibio yn yr hen Austin of England du, y gloch yn canu ar ei do, a'r ddau gwnstabl tew o Lanelwy, y riynfforsmynts, fel petai, yn llenwi'r sêt gefn.

'Mae'n amser i ni fynd draw 'dw i'n meddwl.'

Erbyn i ni gyrraedd y sgwâr, roedd tyrfa niferus o bobl y dref wedi ymgynnull yno i wylio'r gyflafan, rhai'n chwerthin, rhai'n bloeddio, merched yn sgrechian, plant bach yn crio a'r Parch Esau Jones â'i ddwylo ar led yn crefu'n ofer am hedd a threfn.

Nid oedd y tewaf o'r ddau gwnstabl tew o Lanelwy i'w weld yn unlle a dyna lle'r oedd y llall yn gwichian fel mochyn wrth hongian â'i ben i lawr gerfydd ei droed oddi ar yr arwydd i Denbigh, ei ffêr dde wedi ei rhwymo ar y polyn efo darn o gortyn neilon glas Cyngor Sir.

Yn y cyfamser, roedd dau o weithwyr y Cyngor wedi eu clymu at ei gilydd efo pâr o gyffion heddlu o gwmpas yr arwydd *Road Works Ahead*, yn perfformio rhyw ddawns wallgo' o gwmpas y sgwâr i geisio ymryddhau o'u caethiwed.

Yng ngwaelod y twll, eisteddai cwnstabl Sarjant Puw, mor ddirwgnach ac ufudd ag erioed, yn llanast llysnafeddog o laid, blawd, wyau a dŵr drosto i gyd.

O dan yr arwydd i Lanrwst, gafaelai dau o weithwyr cydnerth eraill y Cyngor ym mreichiau'r hen Sarjant o boptu i'r polyn, wedi ei lusgo i lawr fel bod rhaid iddo blygu'n ddwbl efo'i dîn yn yr awyr y tu ôl iddo.

Safai gweithiwr arall, â golwg flin ddieflig ar ei wep, y tu ôl i'r Sarjant. Yn barod, roedd wedi tynnu trowsus nefi blŵ a thrôns tartan Macdonald yr heddwas i lawr at ei fferau a gafaelai'r gweithiwr praff yn dyn a phwrpasol yng nghiwcymbr te dydd Sul mam druan... dim ond ychydig o fodfeddi y tu ôl i Puw druan.

Os ydw i'n cofio'n iawn yr hyn ddigwyddodd nesaf, mae hwn, annwyl ddarllenydd, yn amser da iawn i symud ymlaen i'r bennod nesaf!

Pennod 11

Hongian o gwmpas

Mae gan pob cenedl ryw arwr neu wrtharwr sy'n ganolog yn ei chwedloniaeth. Mae Cymry'r oesoedd a fu wedi gweld nifer barchus o'r rhain yn mynd heibio hefyd; Bendigeidfran, Llywelyn, Owain, Goronwy Groendew ac wrth gwrs Wiliams Panty Gyrdl yr emynydd a chroeswisgwr o fri.

Roedd gan Gymry Pen yr Aber yn Oes Aur canol yr ugeinfed ganrif un o'r enw Jac, yr hwn a ddaeth atom o bellafoedd tywyllaf Lloegr ac a'n gadawodd yr un mor ddisymwth ag y daeth, yr hwn a ddaeth ag achubiaeth o'r diwedd i is-ddynionach yr ymylon Celtaidd.

Yn wahanol i arwyr cymharol ddibwys yr Hen Gymry a chenhedloedd eraill y byd, doedd Jac ddim yn gorfod gwneud ymdrech i ddangos ei hun efo rhyw hen gampau gwirion ac ofer fel rholio craig i ben mynydd neu orchfygu holl rym Lloegr cyn diflannu i'r mynyddoedd.

Na, na! Dim byd o'r fath! Roedd gan hwn ryw awdurdod naturiol o'i gwmpas. Dim ond bod yno roedd Jac yn gorfod ei wneud. Roedd hyd yn oed ei bresenoldeb yn ddigon i droi unrhyw stori yn chwedl fawr, yn enwedig pe byddai Huwcyn Roberts yn ei hadrodd hi.

Rŵan ta! I ti gael deall y stori yma'n iawn mae'n rhaid yn gyntaf i ti gael darlun o ystafell neu labordy Jac yn glir yn llygad dy feddwl. Felly cau dy lygaid a darllen ymlaen.

Rwyt ti'n eistedd yng nghanol y dosbarth efo'r plant eraill yn edrych tua'r tu blaen. O gwmpas waliau'r ystafell fawr ar y dde, ar y chwith ac yn y cefn, mae'r meinciau gweithio efo sinciau a thapiau dŵr a nwy. Yng nghanol yr ystafell mae pedair rhes o feinciau tebyg lle mae'r plant yn eistedd. Ar y dde, bron iawn yn y tu blaen, mae drws yr ystafell lle mae Slasher yn mentro dangos ei wyneb yn ystod ei gyfnodau hunanladdol. Ar y chwith, o'r fainc i fyny, mae'r wal i gyd yn ffenestri mawr.

Yn y tu blaen, mae'r llawr ris yn uwch na llawr y plant. Yno mae mainc fawr Jac. Yno mae Jac yn eistedd yn wynebu'r plant. Mae'n gweld popeth. Mae'n clywed popeth.

Y tu ôl i fainc fawr Jac mae'r bwrdd du, neu os ydyn ni'n mynd i hollti blew, y bwrdd gwyrdd. Rhwng y bwrdd gwyrdd â'r stôl y mae Jac yn eistedd arni y tu ôl i'r fainc, mae bwlch o dair llathen. Uwchben y bwlch hwnnw, yn y nenfwd uchel iawn, roedd adeiladwyr yr ysgol wedi penderfynu y byddai gosod drws bach, sef trap dôr, yn syniad da.

Dyna'r olygfa i ti. Iawn?

Yr ail beth y mae'n rhaid i ti ei wybod er mwyn deall y stori yn iawn oedd bod 'na fachgen newydd yn yr ysgol. Ei enw oedd Tony Riley. Ti'n cofio'r ffenestri? Hwnnw.

Roedd Tony yn un o'r rheini oedd wedi dod i Ben yr Aber o rywle arall am ryw reswm. Un eglurhad digon tebygol oedd bod Tracy'r Ffoadur mewn llythyrau at weddillion ei theulu yn anialwch bomiedig Lerpwl wedi bod yn canmol porfeydd gwelltog Pen yr Aber, ei helltydd a'i choedwigoedd bendigedig, ei thraethau euraid a'i meysydd toreithiog a blodeuog, ei phobl unionsyth, dewr a hawddgar… ac ati ac ati… o, a heb anghofio'r stadau mawr o fyngalos a semis yr oedd rhywun wedi bod mor feddylgar â'u codi yn ddiweddar… a bod y gair wedi mynd o gwmpas.

Beth bynnag yw dy farn am y mewnlif amhriodol i gefn gwlad Cymru, does 'na ddim os nac oni bai bod Tony Riley yn ddiferyn bach hynod o amhriodol o'r mewnlif hwnnw.

Un da oedd Tony. Roedd yn sefyll yn uwch a mwy hirgoes na'r rhan fwyaf o'r Cymry bach. Roedd ei gloch yn llawer uwch hefyd. Un clyfar ar y naw oedd Tony hefyd. Er mai ychydig o wythnosau yn unig oedd ers iddo gyrraedd a rhoi'r wisg werdd amdano, roedd yn barod yn dipyn o arbenigwr ar yr iaith Gymraeg. Roedd yn ein darbwyllo ei bod hi'n iaith wirion, anwar a diwerth, chwarae teg iddo. Doedden ni ddim yn gwybod hynny o'r blaen.

Un ffyddlon i'w egwyddorion oedd Tony. Er i rai o'r Cymry llai croesawgar yn ein plith wneud pethau anghwrtais iddo fel gosod smacan neu ddwy ar ei wep, clymu ei draed i danc dŵr y tŷ bach a phiso ar ei wyneb, a gwaeth, tra'r oedd yn crogi efo'i ben i lawr y pan, ni wnaeth hyn fawr ddim i newid barn Tony mai llwyth o rafins cas a gwyllt oedden ni.

Doedd gan Tony ddim parch at neb na dim, heblaw Jac wrth gwrs – doedd o ddim yn hollol dwp. Felly daeth yn amser i ni wneud rhywbeth o ddifrif.

Dyma'r cynllun. Uwchben yr adain honno o'r ysgol lle'r oedd y labordai, roedd to mawr gwag, hen ddigon uchel i sefyll ynddo bron iawn at yr ochrau. Roedd modd mynd i mewn i'r gwagle yma drwy ddrws bach yn ystafell y taflunydd yng nghefn y neuadd. Roedd y to yn ymestyn ar hyd pedwar o labordai, yn cynnwys un Jac a oedd yn digwydd bod yr un agosaf at y neuadd.

Y diwrnod o dan sylw, dyma fi, Tomi bach, Dewi Drewi ac Idwal yn mynd ati i fflewtian heibio yn ddiymdaro, o fewn clyw i Tony, yn siarad am y tywydd ac am yr holl Saeson oedd yn byw ym Mhen yr Aber a'r cyffiniau y dyddiau yma... ac ati.

Wnaethon ni ddim mentro dweud dim byd rhy ymfflamychol rhag ofn iddo ddechrau amau; dim ond dweud bod dwyn ac ymddygiad gwrthgymdeithasol yn gyffredinol ar gynnydd yn ofnadwy, neu fod Nain druan wedi ei chyhuddo o ddechrau siarad Cymraeg yn fwriadol yr eiliad yr agorodd un ohonyn nhw ddrws y siop. Doedden ni ddim am greu'r argraff am funud ein bod ni'n trio tynnu arno na dim byd felly wrth gwrs.

Go brin y byddai Tony wedi gweld dim byd drwgdybus yn y ffaith ein bod ni am ryw reswm annirnadwy yn digwydd bod yn siarad Saesneg. Peth hollol naturiol oedd hynny i bawb wedi'r cwbl.

Yn anffodus, ac yn ffodus iawn i ni, un da am glywed sgyrsiau pobl eraill oedd o bob tro. Rhywbeth ynglŷn â mantais ei daldra oedd hyn mae'n siŵr, a'r ffordd yr oedd sŵn yn cario.

'Here you, ya Welsh git...!'

Bob tro y byddai hi'n mynd yn ffeit, mi fyddai Idwal hefyd yn un da am fanteisio ar ei daldra. Roedd Tomi bach yn un da am fanteisio ar fod yn isel hefyd – ond awn ni ddim i lawr y llwybr yna am y tro. Roedd Dewi Drewi a fi, ar y llaw arall, yn rhai da am fanteisio tua hanner ffordd i fyny.

Byrdwn y stori oedd ei bod hi wedi cachu ar Tony Riley unwaith eto. Wrth i ni glymu ei draed efo'i dei a'i ddwylo efo carai ei 'sgidiau, unwaith eto, mae'n siŵr ei fod wedi meddwl, unwaith eto, y byddai'n rhaid iddo wynebu ei fam y pnawn hwnnw eto fyth efo'i grys gwyn yn loyw felyn a phersawr unigryw amonia sych ar ei wallt. Ond dim byd o'r fath! Roedd gynnon ni gynllun hollol wahanol ar ei gyfer y tro hwn.

Erbyn hyn, roedd y pedwar Cymro dewr yn cludo'r Sais clwyfedig i gyfeiriad y tŷ bach er mwyn golchi ei anafiadau, wedi mynd yn olygfa gyfarwydd iawn i weddill y plant ac i'r athro ar ddyletswydd.

Yr unig un a synnodd braidd wrth gael ei gludo'n syth heibio i ddrws mewnol y pisdy ac i gyfeiriad y neuadd, oedd Tony Riley. Erbyn hyn, roedden ni wedi adfer ein Cymraeg yn rhyfeddol o dda hefyd.

Dechreuodd Idwal chwerthin yn wallgo wrth i'r hen fflach o gofio ddod ar ei wep:

'Duw! Clywch ogle bogle! Welwch chi hogia? Ogle'r bog-le!! Ha ha ha!'

Efo'r jôc yna roedd Idwal wedi'n cadw ni mewn hysterics drwy'r Nashi ac erbyn hyn drwy'r rhan fwyaf o'r cownti sgŵl. Honna oedd yr unig jôc oedd gan yr hen hog i bob pwrpas. Doedd o ddim yn leicio'r un am yr iâr yn croesi'r ffordd oherwydd y bygythiad yr oedd honno'n ei gynrychioli i fywoliaeth fregus yr amaethwr.

Daeth llais Dewi Drewi fel cloc larwm ar draws y freuddwyd:

'Lle mae'r blydi rhaff, cwd?'

'Dan y sêt 'cw, nesa at ddrws y ffycin projector.'

Gyda hyn, edrychais yn daer ar Tomi a Dewi ac erfyn

arnyn nhw i beidio â rhegi cymaint.

'Chware teg hogia! 'Dw i am sgwennu llyfr am y stori 'ma un diwrnod. Dydi pobol ddim yn mynd i leicio'r araith fras 'ma i gyd dach chi'n gwbod!'

'Y be? Ni mewn llyfr?!'

'Pam lai? Fydd o'n lot mwy diddorol na'r hen Gysgod y Pladur 'na neu rwbath 'dan ni'n 'i ddarllen efo Dil Jones.'

Edrychodd y tri ohono' ni ar ein gilydd mewn distawrwydd am ychydig eiliadau, ac Idwal yn syllu arnon ni'n syn – digon o amser i Riley druan godi ei ben.

'What's going...?'

'Shut up ya bastad!'

Bwmff!

'Aaaaaargh!'

Aeth Riley i fyny'r grisiau i 'stafell y taflunydd fel pluen ar ysgwydd lydan Idwal, a Tomi bach yn dyn ar ei sodlau efo'r polyn cau ffenestri.

'Ar wi going to ffit it insaid yp his bym or owtsaid yp his bac?'

'Aaaaaaaargh! No! Pliiiiis!'

Stryffaglodd Riley'n ofer wrth i ni osod y polyn ar hyd ei gefn a'i glymu o'i wddw i'w fferau nes roedd o'n methu symud. Mi fasa hyn wedi bod yn anodd efo dim ond y rhaff, ond erbyn hyn roedd ein carcharor cymwynasgar wedi benthyg ei drowsus a'i grys i ni hefyd.

Duwcs! Roedden ni'n gwybod bod rhai o'r Saeson 'ma yn gallu bod yn bobl ryfedd weithiau, ond mi'r oedd gan Riley bâr o drôns efo siâp yn union fel llythyren Y fawr arnyn nhw pan oedd o'n hongian efo'i ben i lawr.

Doedden nhw ddim yn lân iawn 'chwaith; mi fasan nhw wedi gweddu i'r dim tasan ni wedi piso ar ei grys fel roedden ni'n arfer gwneud.

'Tyrd wir Dduw – maen nhw'n dŵad i mewn i'w gwersi.'

Idwal, y cryfaf, aeth i fyny gyntaf. Wedyn, efo tipyn o gymorth gynnon ni'n gwthio o'r gwaelod, llusgodd Riley i fyny i'r to efo un chwip o symudiad diymdrech. Aeth gweddill y gethern uffernol i fyny i gyflawni eu rhan yn y weithred ddieflig.

Efo Riley druan yn ddiymadferth ac yn sownd wrth y polyn, a Dewi Drewi yn angel gwarcheidiol efo'i dortsh swllt a chwech, dyma ni'n camu'n ofalus dros drawstiau'r nenfwd at y trap dôr, heb yr un smic heblaw anadlu dwfn a chyflym ein hysglyfaeth gondemniedig.

'Ara' deg 'wan. Dim sŵn.'

Cododd Tomi dipyn o gil y trap dôr a rhoi ei lygad ar y bwlch i weld beth oedd yno. Daeth y llais cyfarwydd ibaigwmaidd i fyny o'r gwaelodion.

'Na' then, ddy cemicyl fformiwla for haidrocloric asid is H2S04 so...'

Heb oedi, lluchiodd Idwal y rhaff dros y trawst oedd yn union uwchben y trap dôr, yna ei chlymu ar beipen ddŵr go gadarn yr olwg a oedd o fewn cyrraedd cyfleus. Roedd pen arall y rhaff wedi ei chlymu'n barod o gwmpas fferau Riley, ei goesau, ei bengliniau, ei ganol ac yn y blaen. Roedd hi'n ddigon diogel.

Erbyn hyn roedd Tomi bach a fi wedi llwyddo i agor y trap dôr heb wneud dim sŵn o gwbl. Roedd y llais yn fwy eglur rŵan.

'H is ddi haidrojen and...'

Yn y golau gwan o'r ystafell o danodd ac o dortsh fach swllt a chwech Dewi Drewi, roedd llygaid Riley i'w gweld yn glir yn tywynnu ofn ac arswyd llwyr. Sibrydodd Idwal yn ei glust efo'i lais tegeinglaidd siocled tywyll:

'Ior going dawn.'

Tarodd Riley rech hir a drewllyd wrth i'w ben fynd i lawr drwy ffrâm y trap, yna'i 'sgwyddau, ei gorff rhwymedig a'r gweddill, i lawr, i lawr ac i lawr, fel petai'n cael ei eni o'r newydd i fyd arall.

Yn y labordy fel arfer roedd pob llygad yn y fyddin werdd ddisgybledig ar Jac, neu dyna be' oedd o'n ei feddwl o leia'.

'Ddy risn dder's a tŵ afftyr ddi heitsh is...'

Mae'n debyg bod Jac wedi 'pwslo', fel y byddai Slasher yn dweud, pam roedd ei esboniad o'r fformiwla yn peri cymaint o syndod llygadrwth ymysg ei ddisgyblion.

Roedd dwylo cryfion Idwal yn llosgi tipyn bach ond yn dal y straen yn dda iawn. Roedd y dwylo yma wedi hen arfer efo rhwbio pethau. Dyna beth oedd pleser.

'Can enibodi enlaityn ys abowt ddi es o ffôr?'

Ni ddaeth yr un smic allan o'r rhesi stond o gegau agored.

'Rait dden, yed beta liwc at ddy bord.'

Trodd Jac i edrych ar y bwrdd gwyrdd mewn pryd i weld wyneb piws Riley a'i ben i lawr a'r eiliad honno dechreuodd Idwal ei lusgo'n ôl i fyny. Trodd Jac eto yr un mor sydyn i wynebu ei ddosbarth. Eisteddodd yn hollol ddistaw a disymud, ei lygaid yn ei sbectol ddu wedi eu hoelio unwaith eto ar rywbeth yn y pellter, a hynny am bum eiliad tragwyddol.

'Wel... ym... as ai wos seing... ffrom ddy bigining wons môr... eitsh tw es o ffôr ...'

Wrth i'r trap dôr gau uwch ei ben, dychmygodd Jac ei fod yn clywed rhyw biffian chwerthin bach yn dod o rywle.

Pennod 12

I mewn i'r twll ac allan (neu 'In an owt tôl')

Er gwaethaf yr un digwyddiad hwnnw pan gafodd Riley ei hongian, roedd 'na ambell i athro na fyddet ti byth yn meiddio chwarae castiau ar ei gyfyl, oni bai dy fod yn hollol dwp a hunanladdol. Dyma dipyn o hanes un felly. Er bod 'na gast bach yn rhan o'r stori, diolch i'n cyfaill parchus Walker, tydi hi ddim yn stori am gast fel y cyfryw. Er y byddai ambell un yn dadlau bod creu'r fath gymeriad â hwn yn gast o'r radd flaenaf, nid gan yr awdur, ond gan y Bod Mawr ei Hun ar draul teulu dyn.

Frwm frwm!!

Trio cofio ydw i, pa flwyddyn oedd hi pan ruodd Jacob Thornhill i mewn i Ben yr Aber ar ei Norton 500 du, mewn cwmwl o fwg llwyd a gwreichion.

Daeth o bellafoedd tywyllaf y Dwyrain, rhywle'r tu hwnt i Glawdd Offa. Chwalodd fwlch drwy gampwaith yr hen frenin Sacsonaidd yn ei gap lledr caled a'i sbectol Bigls (Jac oedd yn gwisgo'r rhain, nid Offa, mae'n debyg.) Yn ei seicar roedd ganddo offer codi pwysau, pentwr o lyfrau Gwyddoniaeth, ei siwt jiwdo a'i gansen waedlyd. Y tu ôl iddo ar y piliwn, yn lle gwraig, roedd coffor anferthol o bren a lledr wedi ei glymu'n wyrthiol yn ei le gyda smonach flêr o linyn beindar oddi ar fferm ei frawd Albert.

'I ba' gwm lad! Ye'd best liwc awt!'

Roedd Huwcyn Roberts yn hoff iawn o ddweud bod Hywel y Barbwr wedi difetha dau siswrn wrth geisio torri gwallt Jacob a'i fod wedi pylu min ei hen rasel am byth wrth geisio eillio ei wyneb chwarelaidd.

Roedd Jacob yn gwybod yn union lle'r oedd yn mynd. Daeth taranu'r deurodr deugorniog i ben efo dwy glec fyddarol a mwy o fwg o flaen giât Llety Llys Aber.

Agorodd ddrws y tŷ a daeth wyneb syfrdan Ellis i'r golwg.

'Be' ddia...?'

'Ellis Jones ar ye?'

'Ym, ies...wai?'

'Asher sent mi. Yorît lad?'

Neidiodd Jacob oddi ar ei feic a gwelodd Ellis ei fod yn fyrrach rŵan na phan oedd yn eistedd arno, ond bod ei led bron yn ei guddio. Roedd yn sefyll ar goesau praff â'i ddwy droed led ei ysgwyddau, a sylwodd Ellis fod ei esgid chwith gryn dipyn yn fwy a'r sawdl ar wadn yn llawer mwy trwchus na'r esgid dde.

Meddyliodd Jac am eiliad ei fod wedi gweld llenni un o ffenestri llawr uchaf y tŷ yn symud. Trodd ei sylw yn ôl at y gŵr a oedd yn crynu yn y drws. Torrodd gwên fel 'Cytgan yr Haleliwia' ar draws ei wep lydan.

'A'm Jac Thornhill ffrom Blackthorpdale lad. Ye niw saiyns mastyr.'

Estynnodd ei law gref tuag at Ellis druan a gafaelodd hwnnw ynddi, yn ddiniwed a dibaratoad. Mae'r tebygrwydd rhwng eithafion pleser a'r artaith waethaf ar wyneb dyn yn debygrwydd trawiadol iawn.

'Aaa... aaa.... Ail siow iw tw ior rŵm. Ffolo mi plîs. Ym... dw iw sbic Welsh?'

'Dw â bwgyri lad! Wot ddi el je teic mi ffor, y blydi mawntin gôt?'

'Wel aid betyr ecsblein. Ddy neim of owr hows Llys Aber mins estiwyri côrt.'

'O ai? Ffasinêtin lad. Lees Abba eh!'

'Ym, ies, symthing laic ddat.'

O'r diwrnod hwnnw ymlaen am chwarter canrif namyn blwyddyn, trigodd Jacob Thornhill ymysg trigolion nid hollol ddrwg ac nid hollol dda Pen yr Aber yn ei lys bach ei hun ym mhen uchaf y tŷ. Roedd achubiaeth isddynionach yr ymylon Celtaidd wedi cyrraedd o'r diwedd.

I lawr yn y pen draw heibio i ben y staer, heibio i ddau ddrws ac un estyllen wichlyd iawn, yr oedd drws Siani Fflur, merch Ellis, drws nad oedd yn cael ei agor yn aml iawn.

Wedi i'r goets fawr ddu ddod i hebrwng ei mam i'r gwesty mawr hwnnw lle mae llawer o drigfannau, y tad a'r ferch fu'n cadw'r blaidd o ddrws y llety bach.

Merch glên ac addfwyn oedd Siani Fflur, yn hoff o adar ac anifeiliaid. Os cafodd yr hen flaidd ei gadw o'r drws, cafodd un hen dderyn bob sylw a charedigrwydd ganddi o'r diwrnod hwnnw ymlaen. Hon oedd cannwyll llygad ei thad, a thra bu Jac yn camu yn ôl a blaen dros fat ei drws ffrynt, ni phylodd y sglein yn ei llygad hithau ychwaith.

Ambell i noson yn ei gegin fach glyd yn Llys Aber, dychmygodd Ellis Jones wrth bendwmpian o flaen ei deledu, ei fod yn clywed pwysau ymarfer Jac yn taro'r llawr a rhyfeddai'r hen ddyn ei fod yn gallu eu codi gyda chymaint o rhythm perffaith ac am gymaint o amser. Rhaid ei fod yn uffarn o foi.

Chwarae teg iddo hefyd am hoelio'r hen 'styllen wichlyd o flaen drws Siani Fflur ac am ryddhau ychydig ar ei drws hi efo'i gan oel.

'Ba gwm las! Al trae'n get mi twng rawnd it agen!'

A chyn i ti, o ddarllenydd drwgdybus, ddechrau hel meddyliau rhy obeithiol, well i ti glywed gweddill y sgwrs fach.

'Da iawn. Ows at?'

'Da iawn Jac. Now sei afftyr mi: Ddim cystal. Not so gwd. Ddim cystal. Trai ddat.'

'Ba gwm, wêt on a minit las... Thim cwstl... Ows at?'

'A bit sofftyr Jac. Ddim cystal, and get the 'a' rait at ddi end.'

'Dd... ddim cystal — a a a a! Gerroff!'

'Ior geting dder Jac. Da iawn ti!'

'O ai! A no las!'

'Hi hi hi hi hi hi hi!'

Ie wir. Roedd Jac wedi dod i Ben yr Aber o gyfeiriad y wawr efo peiriant mawr tanllyd rhwng ei goesau, a hollol addas felly oedd bod yr haul yn dechrau tywynnu o'i dîn.

'Bo-rei dah, Mr Banks! Nais dei isnit.'

'Ho ho! Bore da, ie wir. Ym... braf iawn as wi sei... ym... ai wonted tw si iw ybowt symthing Mr Tho...'

'Wots wp Mr Banks? Iff its abat ddat Rwsiyn bloc Iwri Gagarin goin inte sbês, its got nowt tw diw widd mi lad.'

'Duw! Doniol iawn Mr Thornhill. Ym... cwd wi haf y wyrd plîs?'

Camodd y ddau trwy ddrws Mr Banks, y tu hwnt i glyw prysurdeb y coridor. Uwchben y trwst, clywid geiriau taer yr hen Banks.

'Duw, bi risnybwl Jac, aif got i nyff on mai pleit wydd ddy Welsh dipartmynt... ôl ddis cids going down ffrom o wan tw o tŵ wydd ddy diclain of ddy langwej... and fflipin hyndryds of ddis niw o thris ffrom God nos wêr.'

Eiliad arall a daeth Banks yn ôl yr un ffordd wysg ei gefn yn sydyn iawn.

'Ye wot lad?! Mi, Jac Thornhill, wp dder on yon stêj widd y byntsh o pwffs and big gyrlis risaitin poetri and singin ddem blwdi dyrjis ddeif got! Get sdwffd!'

Tarodd Banks yr hen edrychiad hwnnw ar Jac, yr hen olwg ymbilgar ddiniwed honno yr oedd wedi ei pherffeithio ar hyd y blynyddoedd maith, golwg heb ei gwell am gael rhengoedd o athrawon ystyfnig i ddod at eu coed.

'Ym... ai sypôs iw haf hyrd ddat ddy hed of ddy saiyns dipartmynt's job wil bi yp ffor grabs sŵn... gair i gall ynte Mr Tho...'

'Diweth anwil, Mr Banks! Rho fo i mi ddyn. Worisit ye sei? Bobol bach!!'

Cipiodd Jac raglen yr eisteddfod o law grynedig Banks ac aeth yn ffeif ffwt wan o urddas perffaith i gyfeiriad ei labordy.

'Sit down!'

Eisteddodd y fyddin werdd fel un dyn, un symudiad llyfn.

'Ra'it dden. Tw-dei wi ar going tw lyrn abowt wot apns tw metyls wen dder i-ted, wen ddei get hot.'

Gyda hyn, agorodd y drws a gwelwyd Slasher y prifathro yn gwthio'i wyneb di-glem i mewn i'r cwmni dysgedig gyda ffurflen yn ei law.

'Mr Thornhill... ai ym...'

Daeth llais Jac fel ergyd o ganon:

'Thancs 'edmastyr... ail siddi wen aif ffinishd mi lesn... ddats wot aim iyr ffor, not yer ffleimin ffôrm ffilin lad!'

Aeth y prif a'i ffurflen holl bwysig allan yr un mor sydyn ag y daeth i mewn. Eisteddai pawb yn hollol ddistaw, pob llygad wedi ei hoelio ar Mr Thorhnill, pob cefn fel 'styllen.

Aeth yr athro ati i osod ateg fach ar ei ddesg. Ar ben uchaf yr ateg fach clampiodd ddarn hirsgwar wedi ei wneud o ddau fetel wedi eu sodro gefn wrth gefn. Ychydig fodfeddi o dan y darn o fetel gosododd ei losgwr bynsan, ei danio a throi'r goler fach o gwmpas y twll er mwyn anelu fflam las iasboeth tuag at y metel uwchben.

Yn raddol, dechreuodd y stribedyn o fetel blygu. Pan oedd yr athro o'r farn ei fod wedi plygu digon, diffoddwyd y fflam.

Trwy gydol y sioe, doedd dim cymaint ag amrant na bys wedi symud o'i le yn y gynulleidfa. Roedd y tinau hynny a wnaeth gymaint o sglein ar feinciau'r Nashi wedi dysgu eistedd yn llonydd erbyn hyn — diolch i Jac.

Ond mae 'na wastad un!

'Walker! Al siddi at th'end o t'lesn lad! Al titsh ddi te liwc at ddy cloc!'

'Shit!'

Yna cafwyd eglurhad gan yr arbenigwr o'r hyn sy'n digwydd i wahanol fetelau wrth eu twymo. Diddorol ar y naw os dach chi'n leicio'r math yna o beth.

'Naw dden! Eni cwestiyns?... Ai? El... withyn Pari is it?'

'Ies syr.'

'Wel? Worisit lad?'

Dychmygodd Jac ei fod wedi clywed rhywbeth fel piffian chwerthin o rywle yn y dosbarth. Sylweddolodd y dosbarth ar yr un amrantiad bod Jac wedi sylwi. Dyna olygfa wedi ei rhewi mewn amser.

'Geronwiddit lad!'

'Ym... syr... wai dw metyls ecsband wen hited?'

'Wot?!'

'Wai dw...'

'Ai lad, ai yrd wot ye sed... em... wel em... its bicos of incrisd moleciwlyr actifiti lad. Dys 'at cliyr it wp lad?'

Rhewodd yr olygfa eto wrth i'r dosbarth geisio peidio ag ymateb o gwbl i'r ffaith fod Jac yn dychmygu clywed piffian bach tawel.

'Ym... wel syr... ai sdil dônt si wai moliciwls get mor actif wen hited syr. Wai dônt ddei jyst get hot and cip sdil syr? Iw si, saiyns dysnt haf ôl ddi ansyrs dys it syr. Ddêrs môr in hefn and yrth Horesio ddan is dremt of in ôl iôr...'

Roedd llygaid soseraidd Jac y tu ôl i'w sbectol drom ddu wedi eu hoelio ar rywbeth yn y pellter.

'Belt wp lad, saiyns mait not, byt ai af ân ansyr ffor ye. Iwl si wai ddem moliciwls cant cip sdil wen ai pwt ior âs ofyr ddis bynsan byrnyr ye twit! Join Walker afftyr ddy lesn!'

Martsiodd y fyddin werdd allan trwy ddrws y labordy gyda chalon pob un yn drom gan gydymdeimlad tros Elwyddan fawr a Walker bach.

'Na' dden ye pêr o' pathetic wasycs! Get iyr in ffrynt o ddy bentsh.'

Safai'r ddau yn edifar a gwargrwm o flaen elor yr arteithiwr. Y drefn i bechaduriaid erbyn hyn ym mhob ystafell yr oedd Jac yn teyrnasu ynddi oedd dewis rhwng... y tiwb... a'r gwenwyn!

Dylid egluro i'r darllenydd mai dewis oedd hyn rhwng cael dy chwipio efo'r tiwb neu yfed peint o ddŵr hallt. Roedd tegwch Jac yn ddiarhebol, chwarae teg.

'Wotsit tw bi? A sbect iwl af ddy tiwb, Walker?'

'Shit!'

'Wotl iw af Parry?'

Erbyn hyn roedd pengliniau bach crynedig Elwyddan Parry yn barod i blygu unrhyw ffordd.

'O Mistyr Thornhill... ai cânt bêr pein!'

'Ye big gyrls blows lad! Yel af ddy poisyn dden... wil ye blodyn tatws?!'

'Iy...iy... ies Mr Thornhill... ym... ai min ies plîs Mr Thornhill.'

Dechreuodd y ddefod ddieflig fynd rhagddi. Cymerodd yr offeiriad liwsifferaidd y bicer peint hynafol oddi ar y silff y tu ôl iddo. Tywalltodd hanner llond bicer o'r tap dŵr oer a'r hanner arall ar ei ben o'r tap dŵr poeth. Gwenodd yn satanaidd i gyfeiriad Elwyddan Parry. Gostyngodd y ddau fachgen eu pennau mewn parchedig ofn.

Yna trodd Jac eto a chymryd potyn bach oddi ar y silff a throi'r caead oddi arno.

'Ddy solt Elwithyn! Yrr ha-lin! He he he he!'

Teimlodd Elwyddan rhyw dincial yn ei ddarn a rhywbeth gwlyb a chynnes yn llifo i lawr ei goes chwith.

O diar! Roedd mam wedi pregethu hyd syrffed am 'stad ei drôns ar ôl bod yng nghwmni'r hen Walker 'na.

Tarodd Jac binsied go dda o halen ar flaen llwy i mewn i'r dŵr claear a'i droi'n bwrpasol yn groes i gyfeiriad y cloc, neu ffordd y Diafol fel y byddai rhai'n ei ddweud.

Estynnodd yr offrwm yn araf ac urddasol tuag at y pechadur gwelw.

'Drinc wp lad! I lawr a fow! Ar i ben lad!'

Tra'r oedd Elwyddan druan wrthi'n yfed y trwyth edifeiriol, a'i wyneb fel gargoel eglwysig yn cnoi cacynen, roedd meddwl Jac ar bethau eraill.

Un triw i'w ddiwylliant Seisnig oedd Jac. Dechreuodd brancio un o'r dawnsiau morys hynny, ond yn lle chwifio brigyn neu hances goch, gafaelodd mewn darn o diwb rwber oddi ar losgwr bynsan a chyhwfan hwnnw o gwmpas tîn sathredig Walker bach.

Wrth i'r ddau gerdded allan yn wylaidd, gwelwyd y prif eto a'i wyneb yntau'r un mor ostyngedig.

'Ym... ddis fform Mr Tho...'

'Stic it on mi desg man widd ôl ddi yddyrs! Al si iff aif got taim ffor it wen aif dyn mi marcing.'

Y p'nawn hwnnw, aeth Elwyddan adref i gael triniaeth lawer llai hallt gan ei fam... roedd rhif ffôn yr ysgol bob amser yn y llyfr bach yn ymyl y ffôn. Aeth Walker adref a'i dîn ar dân yn ôl ei arfer ond heb ddweud yr un gair wrth neb.

Fel y byddi di'n cofio, mae'n siŵr, roedd yr hen Jac wedi cael ei wirfoddoli gan Mistar Banks i helpu efo'r 'steddfod.

Roedd y gymeradwyaeth yn y neuadd yn fyddarol.

Safai'r hogia, ac un neu ddwy o'r merched hefyd a dweud y gwir, efo'u tafodau allan yn curo dwylo, yn chwibanu a galw am fwy, efo'u llygaid bron â neidio allan ar sbrings. Pam?

Roedd Ydwen Ty'n Llwyn newydd roi perfformiad gwefreiddiol o'r gân 'Summertime' i gyfeiliant gred tŵ Miss Morys ar y piano.

Llais contralto ifanc ond digon cyffredin oedd ganddi, ac yn gallu bod yn weddol mewn tiwn weithiau, ond roedd yn gwisgo sgert nad oedd yn llawer lletach nag un o strapiau hogi Hywel y Barbwr. Wrth i Ydwen gerdded yn fendigedig o rhythmig i ochr y llwyfan, camodd Jac o'r ochr i'r canol, gyda thipyn o'r hen olwg ddieflig honno ar ei wep unwaith eto.

'Belt wp iw lot! Ym... tawel os gwe-liwc wn tha! Thancs Ydwen las ffwôr... ffiw! Na' dden... ym... wots necst... o ai... y gwstadleiaith nesa iw adroth darn o'r Baibl...hinan thewis... în wn inig wn cwstadli... Elwithin Parry isnit. Wp on ddy stêj lad!'

Yng nghanol y llwyfan gafaelodd Elwyddan yn llabed ei got a dyrchafu ei lygaid i'r mynyddoedd. Y dydd Sadwrn blaenorol, roedd ei ffrind bach Walker wedi dewis y darn yn arbennig iddo o Feibl mawr ei daid. Ail lyfr y Brenhinoedd, y nawfed bennod, adnod wyth.

Nid oedd ganddo ddarn hir, os maddeui di'r dichwaethdra, ond adroddodd Elwyddan y cwbl mewn llais eglur, yn araf, yn bwrpasol ac yn llawn ystyr. Dyna ragflas gan Elwyddan y bachgen o yrfa ddisglair Elwyddan y dyn, pan aeth yn weinidog ac un o hoelion wyth yr Eglwys Bresbyteraidd; wyth milimedr efallai, nid modfedd.

Pan ddaeth ei berfformiad byr ond bythgofiadwy i ben, gyda'r geiriau anfarwol... 'ac mi a dorraf ymaith oddi wrth Ahab yr hwn sy'n piso yn erbyn y pared,' roedd ei gynulleidfa wedi eu parlysu gan emosiwn, cymaint o dan deimlad nad oedd neb yn gallu meddwl am iselhau'r achlysur dwys ac ysbrydol gyda'r fath beth a churo dwylo a chymeradwyaeth.

Ond dychmygodd Jac ei fod yn clywed, trwy'r stêm oedd yn dod o'i glustiau, rhyw biffian chwerthin o rywle.

Nid dyna'r unig adeg i ni weld bod rhywbeth llai caled o dan gragen yr hen Jac.

O bryd i'w gilydd, un o'r dyletswyddau a ddeuai i'w ran oedd rhoi gwers fywydeg ar ran yr athrawes arferol pan fyddai honno'n sâl neu wedi mynd i ryw gyfarfod pwysig efo Slasher. Cyhoeddodd Jac, o flaen y distawrwydd arferol, ein bod yn mynd i wneud y *butterfly cycle*.

Wrth i bethau symud yn eu blaen rhyw fymryn, dyma Idwal a fi yn sylweddoli'n ddigon buan nad oedd a wnelo hyn affliw o ddim â beiciau na beiciau modur.

Yr un mor fuan y ciliodd ein siom hefyd pan ddaeth Jac allan o'r stordy efo rhai o'r darluniau mwyaf bendigedig a welwyd erioed, rhai mawr lliw ar bapur sglein, o bob math o löynnod byw, pili palas, lindys a chwilerod digon o ryfeddod. Mi fyddi di'n cofio mae'n siŵr mai peth digon anghyffredin oedd lliw wedi bod cyn y cyfnod hwnnw.

Roedd hi'n wers ddiddorol ar y naw, chwarae teg i Jac. Roedd hyd yn oed Walker bach wedi llwyddo i rwygo ei lygaid oddi ar y lluniau arferol, ond yr un mor fywydegol, i weld beth oedd yn digwydd i'r lindysyn, y chwiler a'r glöyn byw.

Y peth mwyaf diddorol a thrawiadol yn y wers i gyd oedd sylw Jac am y modd yr oedd y glöyn byw yn dod allan o'r chwiler. Eglurodd y meistr bod rhaid i'r glöyn byw dorri allan o'r chwiler ar ei ben ei hun, yn gyfan gwbl ar ei ben ei hun. Beth oedd o'n feddwl? Eglurodd hefyd, pe byddech chi'n dod o hyd i löyn byw ar gangen neu rywle felly, ar fin torri allan o'i chwiler, a phe byddech chi am wneud cymwynas drwy geisio agor y chwiler, pa mor dyner bynnag y byddech yn ei drin, fyddai hynny ddim yn iawn.

'Hŵ nos wai?'

Distawrwydd.

'Can enibodi ges?'

'Iŵd cil ddy bytyrfflai syr?'

'No Elwithn, wel ym mebi — byt ddats not wot its ybawt... wel aid betyr ecsblên.'

Eglurodd Jac eto bod y frwydr i dorri allan o'r chwiler yn anfon rhyw fath o gemegau neu hormonau neu rywbeth allan ar ras wyllt o ryw chwarren yng nghorff bach y glöyn byw a bod y rheini'n llifo i'r coesau a'r adenydd i roi nerth a chadernid iddyn nhw ar gyfer y diwrnod byr y byddai'r pry lliwgar yn byw drwyddo.

Petai ddim yn dioddef yr argyfwng hwnnw, mi fyddai'r pry yn gallu byw, dim ond i'r adar ei anwybyddu, ond yn llonydd ar y llawr, heb hedfan drwy'r awyr na gweld y blodau oedd yno ar ei gyfer.

Eto fyth, pefriodd Jac drwy rimyn du ei sbectol ar rywbeth yn y pellter. Yn y distawrwydd, meddyliais unwaith eto am Loidi a'i liwiau ac am Lodi a'i fys yn curo'n dyner ar fy mhen. Dyma beth oedd addysg.

Gyda threigl yr amser a newid byd, daeth yn amser i Jac ymadael. Tua dechrau neu ganol yr wythdegau oedd hi, os 'dw i'n cofio'n iawn, a ninnau'r hen griw yn ddynion a merched parchus, yn golofnau'r gymdeithas, wedi ein gwadd i'r dathliad. Ond ni fyddai dathliad yn air addas i'r achlysur. Nid peth i'w ddathlu oedd ei ymadawiad. Mi ddewisaf felly'r gair nodi, a dweud ein bod wedi nodi'r digwyddiad efo'r sbloets fwyaf a welwyd erioed yn Ysgol Pen yr Aber. Roedd y neuadd fawr a'r ystafell fwyta gyfagos o dan eu sang gan hen ddisgyblion trist, rhieni a chyn-rieni dagreuol ac athrawon a llywodraethwyr y tu hwnt i gysur. Roedd y sosej rôls yn arbennig o dda hefyd.

'Chawn ni byth neb tebyg iddo eto. Roedd o'n waldio'r hogia drwg 'ma i ebargofiant!'

'Rargol oedd! Uffarn o foi da! Pasia un arall i mi 'nei di.'

'Fo oedd yr unig un ddaru lwyddo i gnocio dipyn o sens i mewn i Dewi ni.'

'Ew, ia Parry! Ti'n 'i gofio fo'n rhoi uffarn o gweir i'r boi 'na oedd yn mynnu reidio'i fotobeic nôl a blaen ar y stryd tu allan pan oedd o'n dysgu?'

'Ia Duw! A mi 'nes i fwcio'r diawl am sbidio ar ôl i Jac orffen efo fo! Ar 'i wylia o Lerpwl wir Dduw!'

'Argol!! Ha ha ha ha ha!'

Cododd Jac i siarad. Wrth i'w araith fynd yn ei blaen heibio i'r ychydig eiriau cyntaf, roedd pawb yn llygadrwth stond. Byddai wedi bod yn ddigon hawdd clywed chwannen yn taro rhech.

'Rydw i...ym...Iago Bryn y Drain...'

Ffrwydrodd y gynulleidfa yn hylabalŵ o chwerthin a chymeradwyo.

‘Rydw i, Iago Bryn y Drain, yn sefyll yma heddiw ar lwyfan Ysgol Pen yr Aber yn ddyn trist ac yn ddyn hapus yr un pryd. Rydw i wedi bod yma efo chi yn ddyn ifanc ac yn ddyn canol oed. ’Dw i wedi gwneud fy ngorau i’ch gwasanaethu yn fy ffordd fy hun. Ond rŵan mae hi’n amser i mi fynd.’

Yna daeth niwl dros ei sbectol.

‘Ddim i mi'r drefn newydd yma o waith papur rownd y cloc. Ddim i mi'r byd newydd ’ma lle mae athrawon yn cael y bai pan fydd plant yn camfihafio. Ddim i mi'r holl gyfarfodydd ’ma... lot o wynt a dim... ym... wyddoch chi...’

Gyda hyn, clywyd cymysgedd digon cyfartal o chwerthin bloesg a thwt twtian hanner o ddifrif – Jac oedd hwn wedi’r cwbl! Roedd golwg ar Slasher fel dyn wedi gwneud yn ei drowsus.

‘Ddim i mi'r syniad newydd yma bod plant drwg yn dioddef o ryw syndrom neu’i gilydd. Ddim i mi'r lol botes yma ych bod chi ddim hyd yn oed i fod i osod bys ar y plant drwg ’ma. Ddim i mi'r strategaethau diddiwedd ’ma gan adfeisors crand fasa ddim yn gw’bod ’u ffordd o’r cwpwr’ llyfrau i’r bwr’ du. Ddim i mi'r arolygon ’ma gan bobol ceiniog a dimai, llawn o safonau gwych, ond wnaeth erioed fawr ddim sioe ohoni eu hunain. Ddim i mi'r holl asesu di-baid ’ma. Mi fasa ’mrawd Albert yn gallu pwyso a mesur y moch ar ei ffarm bob dydd ond go brin y basan nhw’n pesgi’n gynt. Mae hi’r un fath efo’r moch yn fa’ma.

‘Cyn mynd, mae’n rhaid diolch... a... a ’dw i’n meddwl pob gair. Diolch i Mr Banks am bopeth mae o wedi ’i neud i gadw’r lle ’ma’n mynd er gwaethaf popeth.

Diolch i'r athrawon eraill am eu cyfeillgarwch a'u cefnogaeth ar hyd y blynyddoedd. Diolch i Siani Fflur am gael 'n swper i'n barod bob nos!'

Daeth chwerthiniadau bach snichlyd o'r fan hyn a'r fan draw yn y neuadd.

'Diolch yn bennaf oll i Mrs Evans am gadw'r cinio'n mynd i lawr y lôn goch ac... ac am y sosej rôls bendigedig heno!'

Cymeradwyodd y gynulleidfa'n fyddarol am ddau funud o leiaf. Cliriodd Iago ei wddw eto.

'Gwir ydi'r geiriau ar y wal, gyfeillion: 'Yr hyn a blanna dyn, hynny a gynaeafa.' Mae'r Jac yma'n diolch i bob wan jac ohonoch chi... he he... am eich caredigrwydd ac am fod efo fi ar hyd y blynyddoedd...' yna gyda chipolwg i gyfeiriad Slasher... 'y rhan fwyaf ohonoch chi yntê! Cofiwch rŵan. Y tro nesa byddwch chi ar ynys bell Niw Gini 'cw, ychydig i'r gogledd o Awstralia, galwch yn y sgŵl hows, sgŵl nymbar 29. Mi fydd 'na groeso mawr i chi.'

Yna... efo cipolwg bach slei i gyfeiriad y rhes flaen...

'Wnes i ddod yma yn ddim byd ond Sais rhonc... doedd gen i ddim syniad am y lle gwych yma... and iff enibodi thincs Welsh is ârd, wel ail tel ye, ye cwd lyrn it laing down. Ai blydi did!'

Yr eiliad honno, wrth i'r chwerthin a'r bloeddio lenwi'r neuadd fel trên yn mynd trwy dwnnel, neu fel simnai ffatri yn ailgodi o'r rwbel wedi'r ffrwydrad ar ffilm bac tw ffrynt, teimlodd Siani Fflur yn y rhes flaen bod holl sylw'r dref arni. Cododd gwawl coch llachar o gwmpas ei chlustiau y teimlai ei fod yn fachlud ar unrhyw rith o barchusrwydd a oedd wedi bod yn ddelwedd iddi.

Y dydd Sadwrn wedyn, wedi iddi ymweld â'r fynwent i roi tusw bach o flodau ar fedd ei thad a'i mam, dringodd Siani Fflur y tu ôl i Jac; nid ar gefn yr hen Norton 500, lle bu'r hen goffor o bren a lledr ers talwm yn lle gwraig, ond ar gefn chwip o feic crand wedi ei wneud a'i sgleinio gan rai o hen ffrindiau Loidi o Japan... efo gwraig yn lle'r hen goffor.

Wrth i'r peiriant ruo i gyfeiriad y bwlch hwnnw yng Nghlawdd Offa, disgynnodd y Parchedig Lefi Vaughan ar ei liniau i weddïo y byddai cannoedd a miloedd o'i debyg yn mynd o'ma fel Jac... ond yr un pryd daeth gwên fach dyner i'w wyneb wrth feddwl am yr ymwelydd hwnnw, Jac Thornhill, a ddaeth ymhen amser yn Iago Bryn y Drain.

Frwm frwm!! A diflannodd Jac, fel y daeth, ond heb gwmwl o fwg llwyd a gwreichion. 'Al siddi, lad! Or hwil fawa as wi sei.'

Pennod 13

Stori fach goch

Drain ac ysgall, mall a'i medd,
Mieri lle bu mawredd.

Dyna'r math o le oedd gwaelod y cae, y lle gorau yn yr ysgol heb os nac oni bai. Yn yr hafan gudd honno o bonciau dan ddrysiwyn o wair a llwyni drain roedd yr hogia yn llechu. Ymhell o olwg y dosbarthiadau, ystafell yr athrawon a ffau Slasher, yno codai mwg melys sigaréts addas i bob oed o siop Hywel yn gymylau glas. Roedd yr araith fel arfer yn lasach fyth. Eisteddfa'r gwatwarwyr a phyrth yr annuwiolion os bu un erioed.

Un bore, roedd Idwal, Tomi Hafan a fi wedi penderfynu mai'r lle gorau i elwa ar berlau'r wers Ladin oedd gwaelod y cae. Lladin... ie wel... oni bai ein bod yn tueddu i anghofio'r geiriau, drysu'n llwyr efo'r newidiadau trafferthus 'na ar ddiwedd pethau ac yn mynd i dipyn o benbleth ynglŷn â lle i osod pethau yn nhrefn y frawddeg... â bod yn onest, doedden ni ddim yn rhy ddrwg efo'n Lladin, ond dim diddordeb.

Beth bynnag, roedd Idwal wedi pwdu'n arw ar ôl cael ffrae gan Slasher am ddod i'r ysgol heb ei wisg swyddogol fel petai. Doedd ganddo ddim help. Y noson gynt roedd wedi bod yn paentio efo Mistar Milward ac wedi anghofio newid o'i drowsus gwyn ac roedd ei fam wedi cadw ei flesyr i'w ddarnio ac wedi ei anfon i'r ysgol yn ei grys.

‘Sdi be’ Idwal, ti fatha polar bêr wir Dduw.’

Distawrwydd.

‘Idwal!! Ti fatha polar bêr, cwd!’

Ond roedd Idwal yn bell i ffwrdd, yn syllu’n llesmeiriol i gyfeiriad y gampfa a’r ystafelloedd newid.

‘’Dw i wedi cael syniad, hogia.’

Os oedd yr holl chwerthin ar glywed Slasher yn y tŷ bach wedi rhewi ein peiriannau chwerthin hyd dragwyddoldeb, roedd hyn yn ddigon i’w dadmer unwaith eto. Roedd Idwal wedi cael syniad.

‘Ylwch hogia... sbïwch ar hwn.’ Ac estynnodd Idwal am rywbeth yn ei fag ysgol.

Ymysg y trugareddau yr oedd ei ewythr wedi eu cael iddo o America efo’r het stetson wen, roedd gan Idwal gylchgrawn hynod iawn. Beth oedd ei enw tybed? Ynddo roedd amrywiaeth bleserus o gartwnau digrif, straeon doniol ac ati. Ar ben un o’r tudalennau roedd y geiriau *Practical Jokes*.

Swm a sylwedd yr hyn oedd wedi denu sylw Idwal oedd bod rhyw walch diegwyddor o Americanwr wedi bod wrthi yn torri cafnau mewn bariau o sebon efo llafn rasel fain. Yna mi fyddai’r ‘troseddwr trawsiweryddol’ yn llenwi’r cafn yn y sebon efo’r hylif coch dwys hwnnw sy’n fodd i gogyddion roi lliw ar eisin cacennau a phethau eraill. Digon hawdd wedyn oedd gwlychu’r darn a dorrwyd oddi ar y sebon a’i osod yn gaead perffaith ar y twll.

Difyr iawn wedyn, mae’n siŵr, fyddai aros o fewn clyw cawodydd ac ystafelloedd ’molchi’r America bell i wrando ar yr holl ofid a stŵr.

Yn y cyfamser, yn ôl ar y rantsh, neu yng ngwaelod y

cae, o leiaf, roedd y drindod ddireidus wedi cael y weledigaeth mai felly hefyd y gallai hi fod yng Nghymru fach.

Roedd Idwal yn syllu'n llesmeiriol eto i gyfeiriad y gampfa. Yn ymestyn o du blaen y gampfa roedd to gwastad eithaf helaeth yr ystafelloedd newid. Ar y to hwnnw, heb fod yn bell iawn oddi wrth ei gilydd, ond uwchben adrannau a oedd yn hollol ar wahân, roedd dau beth tebyg i dai gwydr bychain y gallai rhywun yn y cawodydd oddi tanodd agor ffenestri ynddynt efo polyn hir bachog. Pwrpas y 'tai gwydr' hyn oedd gollwng y stêm pan fyddai arwyr ac arwresau'r meysydd chwaraeon o dan y gawod boeth. Yn wir, roedd y stêm yn codi'r funud honno, tra cerddai'r mabolgampwyr chwyslyd i fyny'r cae ar ddiwedd y wers.

'Dewch efo fi hogia!' Cododd Idwal o'i guddfan a brasgamodd y tu ôl i'r gwroniaid heini i gyfeiriad y gampfa. Aeth Tomi a fi i'w ddilyn, fwy neu lai o'r golwg yn ei gysgod.

Wedi i'r tîm ddiflannu drwy'r drws, ysgubwyd ni gan Idwal i'r gornel fach gudd rhwng estyniad y tai bach a'r gampfa. Yn y fan honno roedd peipen ddŵr yn dod i lawr y wal o'r to gwastad, heibio i ffenestr y tŷ bach. Plygodd Idwal ei gorff o flaen y ffenestr gan gynnal ei bwysau efo'i ddwylo ar ei gluniau a chynnig llwyfan gwastad ei gefn i'r hogia.

'Fyny rŵan!'

Mi fu cefn Idwal, silff y ffenestr a'r beipen ddŵr, yn fodd i Tomi a fi straffaglu rhywsut neu'i gilydd i ben y to. Wedyn, gan wyro'n beryglus oddi ar yr ymyl, aethon ni ati i afael yn Idwal i geisio ei godi yntau hefyd. Go brin fod angen hynny. Pe baet ti erioed wedi bod yn pendroni ar y cwestiwn tragwyddol hwnnw sy'n poeni naturiaethwyr, sef a all arth wen y gogledd ddringo i ben polyn, mi fyddet wedi gweld tystiolaeth ddiymwad o hynny'r diwrnod hwnnw. Daeth i fyny fel pluen, fel dyn ar neges.

Cyn i Tomi a fi fedru codi ar ein traed, roedd Idwal wedi rhedeg ar hyd y to i gyfeiriad un o'r 'tai gwydr'. Safai yno yn ei wisg wen, troed yn ôl a throed ymlaen, llaw yn ôl a llaw ymlaen, yn union fel y dyn bach gwyn hwnnw a wnaeth ei ffortiwn trwy gael ei lun ar bob arwydd 'llwybr cyhoeddus' yn y wlad.

Edrychodd i lawr, safodd yn stond, disgynnodd ei ên bron iawn at ei fotwm bol... yna trodd atom gan godi ei freichiau mewn buddugoliaeth orfoleddus. Gwnaeth arwydd ar Tomi a fi i ddod ato a cherddodd y ddau ohonom yn betrus a disgwylgar at y cwmwl o stêm, at ein harwr gwyn.

Yno, i lawr yn y dyfnderoedd gwlyb a sebonaidd, ymysg gwichiadau a chwerthin benywaidd iawn ei naws, yr oedd golygfa fenywaidd iawn ei naws hefyd, benywaidd iawn iawn iawn a dim byd ond benywaidd – os wyt ti'n dallt be' s'gin i!

Mae croeso ar hyn o bryd i unrhyw ddyn sy'n darllen ymadael â'r llyfr a mynd am gawod oer – nid bod neb am dy gadw rhag y castiau wrth gwrs. Tyrd yn ôl yn syth. Wel... rhag ofn dy fod wedi camddeall y frawddeg olaf... gwell fyddai dweud; 'tyrd yn ôl ar unwaith,' efallai.

Reit, lle oedden ni arni? Bobol bach! Fel y mae'r meddwl yn crwydro ynte! O ie!

Wedi i'r lodes lân olaf ddiflannu i gyfeiriad y meinciau gwisgo, dechreuodd yr hogia ailafael mewn realaeth. Torrodd llais Tomi ar ein dwys-fyfyrdod.

'Sa'n well i ni fynd i lawr. Gawn ni'n dal yn fa'ma y'chi.'

Treuliodd Idwal druan weddill y dydd hwnnw yn cerdded yn rhyfedd iawn. Ymwthiai ei dîn yn ôl ar ongl boenus iawn yr olwg, a gafaelai'n dyn yn ei fag ysgol o flaen ei drowsus. Tybed a oedd wedi tynnu rhywbeth wrth ddringo?

Beth bynnag, yn y cyfamser, roedd Tomi Hafan, dyn yr adnoddau a'r gwyddonydd a'r technegydd mwyaf blaenllaw yng Nghymru'r adeg honno, a ffrind pennaf y dyn pwysicaf yn yr ysgol, y caiff ei enw fod yn gyfrinach hyd byth... roedd Tomi wedi dod o hyd i'r hylif coch hwnnw wrth fynd am dro drwy'r ystafell Gwyddor Tŷ.

Go brin fod angen egluro i'r darllenydd yr hyn a ddigwyddodd fin nos wedi hynny yn ystafell newid y merched. Roedd yr Ianci hanci panci yng nghylchgrawn Idwal wedi egluro'r cwbl.

Go brin ychwaith y byddai o ddiddordeb i'r darllenydd wybod ein bod ni'r hogia trwy rym ymarfer a dyfalbarhad, wedi datblygu yn gryn bencampwyr ar ddringo cefnau, silffoedd ffenestri a pheipiau dŵr. Hynny wrth gwrs oherwydd nad oedd modd gwybod yn union faint o olchi dan y gawod fyddai ei angen i deneuo'r sebon i lawr i'r gronfa o hylif coch yr oedd Tomi wedi ei gosod ynddo. Nid bod dim byd arall yn ein denu wrth gwrs. Cael a chael oedd hi. Ychydig iawn yr oedd ein Lladin wedi gwella hefyd erbyn y dydd Gwener tyngedfennol hwnnw y daeth pethau i ben.

Gwelsom y stêm ac i fyny â ni. Wrth i ni gropian o

ymyl y to yn ara' deg at y 'tai gwydr' doedd hyd yn oed Tomi ddim wedi sylwi bod y stêm wedi stopio. Wedi tynnu at ymyl y dibyn peryglus hwnnw yn ein datblygiad moesol, dyna ni eto yn edrych i lawr yn ddisgwylgar. A oedd y sebon wedi teneuo?

Ond ow! Yn lle'r gwichiadau a'r chwerthin benywaidd ei naws, yn lle'r olygfa fenywaidd iawn iawn iawn yr oeddem wedi dod i'w disgwyl... yno yn ei holl ogoniant, yn edrych i fyny tuag atom... yr oedd Slasher a'r olwg sychaf a welwyd erioed o dan gawod arno. Wrth ei ochr, a golwg braidd yn bell i ffwrdd arno, roedd ei ddirprwy, Mistar Banks, a'i bolyn yn ei law.

'Agorwch y ffenast, Mistar Banks... i mi gael siarad efo'r gwŷr bonheddig yma a fydd cyn bo hir yn teimlo llach fy nicter.'

Wel, fedrwn ni ddim disgwyl i bob cast weithio'n iawn, chwarae teg. Ddaru'r hylif coch ddim dod i wyneb y sebon. Chawson ni ddim gofid a stŵr. Ond wedyn, doedd yr holl waith caled o baratoi at y tric ddim wedi bod yn ddiflastod llwyr. Nid peth hollol siomedig ychwaith oedd gweld nad oedd Eirwen Ty'n Llwyn, Siân Pant y Llwynog a Gwen Llan yn flondiaid go iawn. Rhag cywilydd arnynt am ein twyllo, ond mae'n hawdd maddau. Dyna ni. Fedrwch chi ddim ennill bob un, hogia.

Yn y fargen, cafodd Mrs Defis Hafan ddigon o hylif coch i gadw ei theisennau'n binc hyd heddiw. Ac oni bai i Tomi gael syniad gwych y nos Wener honno, mi fyddai ganddi ddigon hefyd i rannu efo'i ffrindiau.

Quod erat demonstrandum.

Pennod 14

Stori goch go iawn

Roedd hi wedi bod yn benwythnos hir iawn. Roedd Slasher yn hir iawn yn dod o'r gwasanaeth hefyd. Edrychai Mrs Roberts, ei ysgrifenyddes, yn dosturiol arnom o bryd i'w gilydd tros ben ei theipiadur. O'r diwedd agorodd y drws. Daeth Mistar Banks i mewn yn gyntaf efo'r hen olwg bell i ffwrdd 'na ar ei wep. Y tu ôl iddo, daeth Slasher, yn dal pâr o fenig yn ei law dde a'u taro o bryd i'w gilydd ar gledr ei law chwith – rhywbeth yr oedd, mae'n siŵr, wedi gweld Inspecteur Clouseau yn ei wneud mewn ffilm yn ddiweddar. Safodd o'n blaenau.

'Pa un ohonoch yw arweinydd y cylch yn y rhaglen fach fudr yma?'

Os nad oedd ganddo lawer o grap ar y Gymraeg, anaml y clywid Cymraeg mwy crap yn unlle.

Distawrwydd.

'Os na neith arweinydd y cylch berchnogi i fyny a dod yn lân, bydd rhaid i'r tri ohonoch gael chwech o'r gorau!'

Distawrwydd.

'Arna' i mae'r bai Mistar Asher.'

Cododd Tomi Hafan yn araf i wynebu'r prifathro, yn ddarlun enghreifftiol o edifeirwch a pharchedig ofn. Pan edrychodd Slasher am eiliad i gyfeiriad Mr Banks, taflodd Tomi fflach o wên fach gynnil tuag atom.

'Taswn i heb wyrdroi a llygru fy nau gyfaill, fase dim o'r ym... y rhaglen fach fudr yma wedi... ym... wedi trawsanadlu, Mistar Asher.'

Ysgyrnygodd Banks ei ddannedd ac edrychodd yn sydyn iawn drwy'r ffenestr. Erbyn hyn roedd 'na ryw oleuni oeraidd annirnadwy wedi'i gynnau yn llygaid Slasher.

'Arhoswch chi'ch dau yma. Mi wna'i ddelio efo chi nes ymlaen. Defis! I'r astudiaethfa ar unwaith.'

Diflannodd Tomi i mewn i ffau Slasher, a'r dyn mawr ar ei ôl, tra eisteddai Idwal a fi yng nghwmni Mistar Banks yn y distawrwydd llethol. Roedd Mrs Roberts wedi peidio â theipio ac wedi rhoi ei phen i lawr. Clywyd llais metalaidd Slasher drwy'r pared.

'Chwech o'r gorau i ti, chwech o'r gorau iddo fo, a chwech o'r gorau i'r llall. Faint ydi hynny Defis?'

'Ym... pymtheg o'r gorau syr.'

'Pym... pymtheg o'r gorau'r gwalch! Wyt ti'n meddwl mai ffŵl ydw i? Mi gei di ddeunaw o'r gorau am dy drosedd a... a... deunaw arall am ddweud celwydd! Faint ydi hynny Defis?'

'Ym... tua pump ar hugain faswn i'n dweud Mistar Asher, ond 'sgin i'm pensal a darn o bapur i'w weithio...'

'Cau dy geg pan ti'n siarad efo fi!'

'Mmmm. Gnnnn. Grrnnn.'

Erbyn hyn roedd llais Slasher wedi codi'n sgrech fain, a gwelodd Tomi bwt o ewyn gwyn yn llifo o gornel ei geg. Daeth y gorchymyn arswydus fel taran drwy'r pared.

'Plyga i lawr!!'

Plygodd Tomi yn ufudd, gan gynnal ei hun â'i ddwy law yn erbyn desg fawr Slasher.

Smac! Crynodd llun yr hen brifathro ar y wal am eiliad.

Smac! Aeth pen Mrs Roberts druan reit o'r golwg y tu ôl i'w theipiadur.

Smac! Clywyd llais bach ymbilgar Tomi druan.

'Dim mwy Mr Asher. Plîs plîs dim mwy!'

'Dim mwy y gwalch bach budr! 'Dw i ddim wedi hanner dechrau eto!'

Smac! Smac! Smac!

'Faint ydi hynny rŵan?'

'Na – a – aw o leia Mr Asher!'

'Naw! Be' ti'n feddwl... naw?!

Erbyn hyn roedd Slasher wedi cael llond bol o'r twyll di-baid 'ma gan Tomi a chollodd ei dymer yn llwyr. Smac! Smac! Smac!

'Teic ddat y gwalch! Bobol bach iw horibl boi!'

Smac! Smac! Smac!

Yna ataliodd Slasher ei gansen – cyn ailadrodd – 'Bobol bach iw horibl boi – bobol bach iw horib... Duw! Ydi honna'n gynghanedd?'

Trodd Tomi ei ben.

'Wel mi fasa wedi gallu bod ar stretsh Mistar Asher oni bai am y 'b' ar ei blaen hi. Mae 'n' wreiddgoll yn iawn ond 'dw i ddim yn ymwybodol bod darpariaeth ar gyfer 'b' wreiddgoll yn Rheolau Dafydd ap Edm...'

'Cau dy ben y casnach bach drewllyd neu mi ladda' i di...'

Yna, tro Slasher oedd hi i gau ei geg. Gwelodd bod Tomi wedi disgyn yn ddiymadferth o flaen y ddesg, a gwaed yn llifo o gefn ei drowsus.

'Defis! Defis!'

Distawrwydd.

'Defis! Defis! Codwch, Defis!' Dim byd.

Aeth pengliniau Slasher fel jeli a chododd curiadau ei galon i'w gorn gwddw.

'O mam bach, be wna'i?... Mistar Banks! Dewch yma ar unwaith!'

Rhedodd Banks i mewn i'r ffau.

'Rargol Mistar Asher! Be' ar y ddaear da' chi wedi neud, ddyn? Misys Roberts! Galwch y gwasanaethau brys ar unwaith!'

Aeth wyneb Slasher yn welw sâl. Welwyd erioed wyrdd mor afiach ers ffrog haf Misys Parry druan yn y gwasanaeth diolchgarwch.

'Y gwasa... y gwa gwa gwa gwa gwa gwasanaethau brys! O na! O na!' a rhedodd nerth ei draed allan o'r ystafell, a heibio i Mrs Roberts, i lawr y coridor ac i'w dŷ bach.

Trwy hyn i gyd, roedd Idwal a fi wedi llwyddo rhywsut neu'i gilydd i eistedd yn dawel a digynnwrf a chadw trefn berffaith arnom ein hunain yng nghanol yr holl stŵr a phanig. Roeddem yn rhy brysur yn clustfeinio ar sŵn corn yr ambiwlans a char yr heddlu ym mhen draw'r dref — ond yn dod yn nes bob eiliad.

Yr unig beth a darfai ar seiniau melys y gwasanaethau brys oedd Misys Roberts druan yn beichio wylo y tu ôl i'w theipiadur a llais pryderus Mistar Banks yn ceisio galw Tomi yn ei ôl o'r dyfnderoedd.

'Tomi, Tomi bach, tyrd. Paid ti â bod ofn rŵan, mi fydd yr ambiwlans yma unrhyw funud 'machgen i.'

Ni chafwyd llygedyn o ymateb gan Tomi druan, ar ei hyd o flaen desg Slasher. Roedd y gwaed yn dal i lifo.

Agorodd drws y swyddfa led y pen a chamodd y ddau

ddyn ambiwlans i mewn yn bwrpasol, y gwely cludo yn barod ganddynt, ac i mewn i ystafell Slasher. Y tu ôl iddynt, daeth dau blismon yr un mor bwrpasol yr olwg ond llawer iawn mwy blin a diamynedd. Roedd hyn, cofia, flynyddoedd cyn codi cyflog plismon i lefel resymol a sicrhau pensiwn hael.

Cododd Banks i'w draed, ond anodd iawn oedd clywed yn iawn y sgwrs frysiog a chymysglyd yr ochr arall i'r pared. Beth bynnag, ymhen eiliadau, cludwyd Tomi allan ar yr elor, heibio i Misys Roberts a oedd erbyn hyn yn sefyll yn syn wrth ei desg ac yn wylo'n hidl.

'Lle mae Mr Asher?' holodd un o'r plismyn.

'Yn ei dŷ bach,' atebais innau. 'Mi ddangosa' i chi lle mae o rŵan.' A dyna Idwal a fi yn codi i ddilyn y ddau blismon a'u tywys i dŷ bach Slasher.

Go brin y bydd gan y darllenydd ddiddordeb mewn clywed mwy am y stori fach goch 'ma — yn enwedig y darn am Slasher yn cael ei lusgo o'r tŷ bach ar hanner cau ei drowsus, a'i hebrwng rhwng dau blismon praff heibio i'r plant yn eu dosbarthiadau — i gar yr heddlu — ac ymaith.

Mi allwn i daeru hefyd bod Tomi, yn ei ddewrder eithriadol, wedi llwyddo i godi gwên fach ar bawb, wrth gael ei gludo i'r ambiwlans.

Dyna ni. Wel, doedd dwyn yr holl boteli bach 'na o liw coch o'r cwpwrdd Gwyddor Tŷ ddim wedi bod yn hollol ofer wedi'r cwbl.

Pennod 15

Stori efo tipyn o gig ynddi

O'r holl gastiau bach a mawr y gwnaethon ni eu chwarae ar bobl ar hyd y blynyddoedd, hwn efallai ydi'r un y mae gen i'r cywilydd mwyaf ohono. Roedd hwn yn un cas yn wir. Ond bobol bach mi oedd yn un da!

Yr hyn sy'n warthus am y cast yma ydi ei fod wedi ei chwarae ar ddyn annwyl iawn a diniwed, ffrind pennaf pechaduriaid bach y fro, a'r dyn pwysicaf yn yr ysgol. Mi rydw i'n barod wedi addo i'r teulu fy mod am gadw ei enw'n gyfrinach, ac felly y bydd hi. Mi wnawn ni ei alw'n Mistar Ecs.

Mae gen i gywilydd mawr o'r cast yma hefyd oherwydd yr effaith ofnadwy a gafodd ar Mistar Ecs druan ar y pryd... ond duwcs, am hwyl!

Heblaw am dreulio'i amser yn ystafell y bwyler yn darllen y papur, yfed te neu gysgu, dau ddileit pennaf Mistar Ecs oedd garddio... a'i gi bach, Pwtyn. Ers i blant y teulu Ecs fflio'r nyth, Pwtyn oedd y babi newydd. Fo oedd gwrthrych pob tendans a chariad gan Mistar a Misys Ecs.

Chwarae teg i Mistar Ecs. Roedd wedi treulio oriau maith yn hyfforddi Pwtyn bach i wneud castiau bach digon doniol. Gallai'r bwndel bach neidio trwy gylch, rholio ymlaen tros ei ben, dawnsio ar ei draed ôl a phob math o bethau difyr a buddiol. Wedi i'r cyfaill bach campus gyflawni un o'i gampau, mi fyddai bob tro yn oedi i edrych i fyny ar ei feistr efo'i lygaid brown gloyw a oedd ychydig yn rhy fawr ar anifail mor fychan, a byddai'r meistr yntau yn edrych i fyw llygaid Pwtyn a llygaid y dyn yr un modd yn loyw gan deimlad. Yna byddai'n cael mwythau a phethau da gan Mistar Ecs am ei drafferth – a'r hen ddyn yn pefrio a thywynnu balchder ar ei ffrind bach blewog.

Fel y mae ei enw'n awgrymu, ci bach iawn oedd Pwtyn. Doedd o'n ddim mwy na rhyw naw modfedd ar ei hyd a chwech o daldra, a hynny yn ei lawn dwf. 'Dw i ddim yn malu.

I ni oedd erioed wedi gweld dim byd amgenach nag ambell i gi defaid a mwngrel o gwmpas y lle, roedd tras yr hen Bwtyn yn dipyn o ddirgelwch. Does gan yr un ohonom syniad mul hyd heddiw be' oedd ei frid na'i achau – ond efo enw fel Pwtyn, gellid tybio ei fod yn gi eitha' pwysig yn Rwsia.

Wel i ti. Fel yr awgrymwyd tua'r cychwyn, doedd 'na ddim byd cyfrwys nac ysmala am y cast yma. Roedd yn un anfaddeuol o gas â dweud y gwir. Ho ho!

'Dw i'm yn cofio erbyn hyn pwy gafodd y syniad. Fy mrawd faswn i'n tybio. Roedd ganddo fo lawer mwy o ddychymyg na fi. Beth bynnag, dyma be' wnaethon ni. Mae'n bosib y bydd darllenwyr mwy tosturiol a chwaethus yn dewis symud ymlaen i'r stori nesaf rŵan.

Yn gyntaf, aethom at Huws y cigydd i erfyn am ychydig o weddillion i'r ci defaid 'cw.

'Fedrwch chi sbario ryw lond dwrn o hen fins neu esgyrn bacwn neu rywbeth felly Mistar Huws... i'r ci 'cw wyddoch chi?'

Doedd hynny ddim yn beth anarferol y dyddiau hynny ac un digon parod ei gymwynas oedd yr hen Huws.

Y peth nesaf wnaethon ni oedd mynd i agor hwfyr Mam a nôl llond dwrn o flewiach allan ohono a'i gymysgu efo'r manion o gig ac esgyrn a gafwyd gan y cigydd. Rhoddwyd y cwbl efo'i gilydd wedyn, dim ond rhyw ddau lond dwrn, mewn cwdyn plastig bach tila tenau.

Dyma lle mae hi'n dechrau mynd yn fudr. Wedi gadael y cwdyn mewn lle oer yn y pantri, fe aethon ni am dro heibio i dŷ Mistar Ecs. Fel y gallech chi fod wedi disgwyl, dyna lle'r oedd cyfaill mawr y plant wrthi'n garddio.

'Ew, Mistar Wi... sori... Mistar Ecs, ym, duwcs, mae'ch blodau chi'n fendigedig chwarae teg i chi. Del iawn yn wir.'

'Ew, da' chi'n meddwl, hogia?'

'Duwcs ydyn... a'r glaswellt hefyd... wel yn wir edrychwch arno... y lawnt orau yn y dre'. Efo be' da' chi'n 'i dorri o Mistar Ecs?'

'Un o'r ffleimos newydd 'ma 'sdi. Newydd gael o. Ma'na flêd tu mewn sy'n troi fel propelor rownd a rownd ar y glaswellt, miniog fatha rasel 'sdi. Ac mae o'n hofran yn ysgafn braf. Fawr ddim gwaith gwthio o gwbwl arno 'sdi.'

'Duwcs! Ydi o'n dda dydwch? Sgin dad mond un o'r pethe' gwthio'n ôl a blaen 'ma. Pryd fyddwch chi'n torri'r glaswellt nesa Mistar Ecs? Ga'i ddod i weld?'

'Wel cei siŵr, 'machgen i. Gei di go arno â chroeso. Ty'd draw nos Iau rôl ti gael dy de.'

‘Uw! Go arno’n hun! Ew! Diolch Mistar Ecs. Geith ’y mrawd bach ddod hefyd... ym... i chware efo Pwtyn ne’ rwbath?’

‘Ceith siŵr. Mi gawn ni’r lle i ni’n hunen efo Misys Ecs yn y Dybliw Ai n’de.’

‘ Nos Iau ’ta!’

Nos Iau a ddaeth, yn fuan iawn ar ôl pnawn dydd Iau. Be’ fuon ni’n wneud pnawn dydd Iau? Dim byd o bwys. Dim ond rhoi tipyn o domato sôs at y manion cig yn y cwdyn plastig... a rhyw fân sgwrsio ynglŷn â mynd i weld Mistar Ecs... heb anghofio Pwtyn wrth gwrs.

Wedi llowcio’r te mwyaf sydyn erioed, allan â ni ar frys ac i lawr i dŷ Mistar Ecs — a minnau’n gobeithio na fyddai’r bwndel amlwg braidd ym mhoced chwith fy nhrowsus yn denu gormod o sylw. Ddaru o ddim. Ddim tra’r oedd o yn y trowsus beth bynnag.

Dyna lle’r oedd y dyn ei hun, yn dirwyn y weiren oren o’r peiriant torri glaswellt tuag at y gegin i’w blygio i mewn.

‘Da’ chi’n barod hogia?’

‘O ydan, Mistar Ecs!’

Yna trodd Mistar Ecs at ’y mrawd. ‘Yli, sa’n well i ti chware efo Pwtyn yn y gegin ’sdi, i’w gadw fo i mewn rhag ofn iddo fod o dan draed tra bydd dy frawd a fi’n torri’r glaswellt.’

Perffaith! Fuasen ni ddim wedi medru ei gynllunio’n well.

Aeth Mistar Ecs a fi a’r ffleimo ar y lawnt berffaith odidog, o flaen y blodau hardd a chain. Safodd Mistar Ecs y tu ôl i’w beiriant newydd sbon danlli gloyw, pwyso’r botwm... ac awê. Wedi iddo dorri dwy res, a finnau'n sefyll gerllaw yn llawn edmygedd pur, dyma fo'n cynnig.

'Ti am gael go arni rŵan?'

Safodd Mistar Ecs o'r neilltu, gan blygu ei freichiau ar draws ei fol mawr a gwenu fel giât ar fy ymdrechion i dorri fy rhes gyntaf.

'Reit dda 'machgen i. Dal ati rŵan.'

Mi dorrais dair o resi, heb wneud job rhy ddrwg ar y cyfan... yna... yn sydyn iawn... o gyfeiriad y gegin... daeth y floedd.

'Mistar Ecs! Mistar Ecs, dowch, dowch! Mae Pwtyn wedi rhedeg i rywle... a... a mae o mor fach, fedra' i ddim 'i weld o yn unlle.'

Dywedais innau wedyn:

'Duwcs, ewch chi Mistar Ecs, rhag ofn iddo ddianc. Mi wna' i'r glaswellt 'ma i chi ylwch.'

Dechreuais gyfrif yr eiliadau. Wedi i ddigon o amser fynd heibio i Mistar Ecs gyrraedd drws y gegin, llaciais fy ngafael yn y ddolen er mwyn diffodd y ffleimo yn sydyn. Fy nhro i oedd hi i weiddi wedyn.

'Aaaaaah! Aaaaarrgol! O na! O naaaaaaaaaa! O Mistar Ecs bach! Be' 'dw i 'di neud! Nes i mo'i weld o! O naaaaaaaaa!' — ac ymlaen ac ymlaen ac ymlaen.

Pan redodd Mistar Ecs a 'mrawd yn ôl i'r ardd, roeddwn i ar fy ngliniau o flaen y ffleimo, fy mhen yn fy nwylo, yn wylo'n ddireol a siglo'n ôl a blaen. Disgynnodd Mistar Ecs ar ei liniau hefyd, yn swp sâl yn fy ymyl. Dechreuodd feichio wylo. Yn ara' deg estynnais fy llaw i godi'r ffleimo ar ei ochr i weld o danodd. Caeodd Mistar Ecs ei lygaid yn dyn. Beichiais innau eto:

'O! O! Y truan bach!'

Agorodd Mistar Ecs ei lygaid ar yr olygfa fwyaf arswydus y gellid ei dychmygu.

Yno, ar hyd yr ochrau o dan y ffleimo, roedd y llanast mwyaf chwydlyd o gnawd toredig ac esgyrn bach a blew dros bob man, a chochni afiach yn llifo oddi arnynt yma ac acw. Gadewais i'r peiriant syrthio yn ei ôl i'r ddaear, rhag ofn i'r hen ddyn orfod dioddef gormod. Mor garedig!

Pan aeth yr hen Ecs yn ei ôl i'r gegin, roedd yn beichio wylo gormod i glywed fy mrawd a fi'n sgrechian chwerthin ar y ffordd adref, a gwichiadau bach Pwtyn yn y cwpwrdd o dan y sinc.

Pennod 16

Yr Hen Het

O ran cadw'r ddysgl yn wastad, heddwch yn ein hamser ac ati, chafodd Huws y Cigydd erioed wybod am y rhan y chwaraeodd yntau, yn ddiarwybod mae'n rhaid dweud, yn y cast uffernol hwnnw wnaethon ni ei chwarae ar Mistar Ecs. Ond chafodd hwnnw ddim dianc yn sgot ffri 'chwaith. Naddo wir.

Er mai cigydd oedd Huws yn ei fywyd go iawn, gwisgai hefyd het arall, sef het yr athro ysgol Sul. Roedd honno'n het ddu hen ffasiwn efo tipyn o dro i fyny ar ymyl ei chantel, pant ar hyd ei chorun a ruban du o'i chwmpas efo mwy o sglein na brethyn gweddill yr het.

Mae gan lawer o hogia'r dref le arbennig yn eu calonnau i'r hen Huws hyd heddiw. Gallai llawer ohonom honni mai i Huws y mae rhan helaeth o'r diolch ein bod yn gwybod y gwahaniaeth rhwng drwg a da, y cywir a'r anghywir, ac nad ydym yn dwyn, palu celwydd, twyllo, meddwi, oferu na godinebu — wel, ddim yn rhy aml beth bynnag. I Huws hefyd mae llawer o'r diolch am y ffaith nad oes fawr neb ohonom bellach yn mynd i'r capel, ond nid dyna oedd ei fwriad, chwarae teg iddo.

Ie wir, bwriadau, dylanwadau... 'cynlluniau mwyaf celfydd llygod a dynion...' chwedl yr hen Hywel. Os gelli di faddau tipyn o dindroi eto, ddarllenydd amyneddgar, tyrd yn ôl am funud, heibio i'r bocs *Penny for the Blind* ac i mewn i siop yr hen athronydd.

Y peth ydi, i ti gael gwybod, doedd trafodaeth gall ddim yn beth anarferol o gwbl yn seiat tacluswr y pennau. Roedd llawer mwy o hynny na malu awyr am bethau dibwys a hel clecs. Mi fyddai pob dim yn ei chael hi, addysg, gwleidyddiaeth, chwaraeon ac, wrth gwrs, crefydd.

Y diwrnod o dan sylw, fodd bynnag, roedd yr hen Huwcyn Roberts, wrth ddisgwyl i gael torri ei wallt, yn llawn ohono'i hun ar ôl cael ei benodi'n athro ysgol Sul cynorthwyol dros dro, wedi deugain mlynedd o roi ei enw ymlaen yn ofer.

Roedd wedi bod yn taeru'n biws bod modd olrhain y bai am yr holl lanast a phenrhyddid rhemp oedd ohoni heddiw i'r hunaniaeth newydd oedd wedi amlygu ei hun ac egino adeg y Diwygiad Protestannaidd... a rhyw rwdlan felly. Roedd Hywel yn gweld be' oedd o'n feddwl yn iawn. Fflachiodd ei sbectol, gwyrodd ei ben i'r chwith yn barod i ateb, pan... yn sydyn iawn, ar draws popeth... canodd cloch drws mewnol y siop – ond wedi'r eiliadau disgwylgar arferol, ddaeth neb drwodd i'r cefn. Canys yr oedd hyn yn arwydd.

Yn y distawrwydd llethol, tynnodd Hywel ei grib a'i siswrn oddi ar ben Huw Jones y siop ddodrefn, a oedd yn y gadair dorri gwallt; ymsythodd, ac wrth fwrw golwg i fyw llygaid ei gwsmer yn y drych o'i flaen, rhoddodd daclau ei waith ym mhoced uchaf ei oferôl, trodd ar ei sawdl heb edrych ar neb na dim, aeth allan i'r pasej a chau'r drws ar ei ôl.

Yna, clywyd sibrwd byddarol Hywel:

'Be' fydd hi'r tro yma'r Parchedig Jôns? Gosamyr 'ta Ffeddyrlait? Mae'r ddau'n sensitôl lwbriceted wyddoch chi. Smôl, midiym 'ta larj ddudsoch chi?'

'Argol! Ust! Cau hi'r lembo gwirion!' Yna... yn llawer distawach... 'Rheina, dau becyn o dri.'

'Chwech! Ew!'

Sŵn newid mân yn newid dwylo, ac yna, sibrwd byddarol Hywel unwaith eto:

'Siŵr bydd Misys Jôns yn ôl o'i chwrs yng Ngholeg y Bala toc... faint? Pythefnos arall?'

Clywyd ochenaid ddiamynedd gan y dyn arall, sŵn clepian traed yn ymgilio a chlep a chaniad y drws. Daeth Hywel yn ei ôl, ailafael yn ei grib a'i siswrn a mynd ati i harddu pen Huw Jones heb ddweud gair.

'Pwy oedd hwnna, Hywel?'

'Uffarn dân! Ti'm yn disgwl i mi ddeud nag'wt?! Mae conffidensialiti yn bwysig iawn yn y job yma, 'sdi!'

Yna, daeth llais arall o rywle yn nyfnderoedd y tarth a'r mwg:

'Amen frodyr... amen ac amen!'

'Ha ha ha ha ha ha ha ha ha ha ha ha ha ha ha ha ha ha ha ha ha ha!'

'Bydd canu yn y Nefoedd!'

'Ho ho ho ho ho ho ho ho ho ho ho ho ho ho ho ho ho ho ho ho ho ho!'

Ie wir. Dylanwadau, bwriadau, safonau. Duw Duw Duw Duw... bobol bach!

Ond yn ôl at Huws.

Yr adeg honno, fodd bynnag, byddai cryn haid ohonom yn mynychu'r ysgolion Sul, yn enwedig ein hysgol Sul ni ym Moderob.

Fel y gŵyr pob athro sydd â hanner llygad i weld a

hanner clust i glywed, a hynny yn yr ysgol Sul neu'r ysgol bob dydd, mae plant yn gallu bod yn graff ar y naw. Fel y mae siarc yn medru arogli neu synhwyro gwaed o filltiroedd i ffwrdd a dod at ei brau yn syth a diwyro, felly hefyd y mae plant yn darganfod gwendid yr athro.

Yr hyn a oedd yn amlwg i ni am Huws oedd ei fod, er yn ddyn iach, cryf a heini... ei fod yn poeni byth a hefyd am ei iechyd. Byddai'r pwt lleiaf o annwyd yn ffliw. Byddai'r pwl lleiaf o wynt neu ddŵr poeth yn 'gastro-enteritis' ganddo.

Dyma'r fan yn y stori fach ddiniwed hon lle mae'n rhaid cyfaddef rhywbeth. Fel gyda phob un o'r straeon hyn, mae'r darllenydd yn haeddu gonestrwydd, nid rhyw hen rith a chelwydd.

Y gwir amdani yw, neu oedd, ein bod ni'r plant newydd fod yn darllen un o *Straeon y Pentan* yn yr ysgol, sef 'Het Jac Jones'. Y dyddiau hynny, roeddem yn agored iawn i ddylanwadau o bob math, yn hogia naïf a hawdd ein harwain, yn anffodus. Felly mae'r bai am yr anfadwaith bach hwn yn blwmp ac yn blaen ar ysgwyddau Mr Daniel Owen o'r Wyddgrug... er na fuaswn am funud yn dymuno dwyn anfri ar neb am un camwedd fel hyn.

Cyn mynd i'r ysgol Sul y diwrnod hwnnw, aeth fy mrawd a fi i chwilio am ddarn o edau du o focs gwnïo Mam. Roedd gweddill y 'props' ar gyfer y 'stŷnt' yma yn siŵr o fod yn y capel yn barod.

Un parod iawn ei sgwrs oedd Huws, a pharod iawn i wrando hefyd. Un o'i rinweddau, a'r hyn y mae pawb yn ei gofio amdano hyd heddiw, oedd ei ddiddordeb byw a dilys ym mhob un ohonom yn bersonol. Arferai dreulio cryn dipyn o amser ar ddechrau pob gwers yn holi a stilio ac ymgomio yn gyffredinol. Felly cyn i Huws droi at y testun, manteisiodd fy mrawd ar ei garedigrwydd a gofyn caniatâd i fynd i'r tŷ bach.

Ym mhorth y capel, cafodd hyd mewn chwinciad i het unigryw'r hen Huws ac ni fu fawr o dro yn gosod yr edau du o'i hamgylch lle'r oedd y ruban yn cyfarfod ei chantel. Yna tynnodd yr edau yn weddol dyn, o leiaf ddau seis yn llai, a'i glymu yn ei le.

'Mae'n ddrwg gen i fod yn hir yn y tŷ bach, Mistar Huws.'

'Popeth yn iawn 'machgen i.'

Fy nhro innau i ymuno â'r sgwrs oedd hi rŵan.

'Mistar Huws.'

'Ie bach?'

'Ym... Mistar Huws... ydach chi'n teimlo'n iawn dydwch?'

'Wel ydw am wn i. Pam?'

'On i'n meddwl eich bod chi braidd yn welw, Mistar Huws, ond 'dw i'm yn siŵr 'chwaith.'

Â golwg braidd yn boenus ar ei wep, trodd Huws at y testun.

'Llyfr Eseia hogia... dyna ni... fanna ia... wnei di ddarllen, Idwal?'

'Gochelwch rhag gwneuthur eich elusen yng ngŵydd dynion, er mwyn cael eich gweled ganddynt. Os amgen...'

'Mistar Huws! Da'chi'n siŵr bo' chi'n iawn?'

'Y... be sy hogia... ydw i'n edrach yn sâl neu rwbath?'

'Ddim yn dda iawn Mistar Huws. Trowch ffor' yma

am funud wnewch chi, Mistar Huws?'

'Ydi'ch pen chi'n teimlo'n rhyfedd, Mistar Huws?'

'Ym... wel... ella'i fod o'n wir hogia. Pam?'

'Ella' na 'di o'm byd Mistar Huws... ond... be' wyt ti'n feddwl Tomi? Sbia.'

Edrychodd Tomi efo ffug gonsyrn ar ben Mistar Huws.

'Hmmm... 'dw i'n meddwl bo' nhw'n iawn, Mistar Huws, canys mae gennych chwydd ar eich arleisiau.'

Ew! Mi fyddai'r hen Daniel wedi bod yn falch ohonom 'dw i'n siŵr.

'Ie... chwydd ar eich arleisiau Mr Huws.'

Ymbalfalodd dwylo cigydd Huws o gwmpas ei ben i chwilio am y chwydd. Roedd yr hen foi wedi dechrau magu hen olwg reit welw erbyn hyn.

'Wel... ym... 'dw i'n meddwl bod gen i dipyn o gur yn y pen, hogia... ella wir, wrth feddwl. A da' chi'n dweud ei fod wedi chwyddo hefyd, hogia?'

'Wel, ella wir Mistar Huws, ond wedyn ...'

Daeth y wers i ben yn gynt na'r arfer y dydd Sul hwnnw, ac aeth Huws allan tua'r porth yn llawer distawach na'r arfer hefyd, heb air na chyfarchiad i neb. Cododd ei het ac aeth allan.

Mae'n rhyfeddod pur wrth edrych yn ôl, cyn lleied o gywilydd, cyn lleied o dosturi oedd gennym wrth wylio'r hen Huws annwyl yn troedio i lawr llwybr y capel, yn straffaglu'n ofer i roi ei het ar ei ben, a golwg ar ei wep fel blaenor methodus wedi llyncu draenog. Druan ohono.

Pennod 17

Dyrchafaf fy llygaid…

Does neb isio bod yn sinigaidd, 'dw i'n gwybod, ond roedden nhw'n arfer dweud bod rhan ym mhob ffilm lle'r oedd pethau'n arafu braidd, a bod y cynhyrchwyr yng Nghoed Celyn draw yn gwneud hynny'n fwriadol – neu fod y cwmnïau hufen iâ yn talu iddyn nhw am wneud – er mwyn i'r gwyliwr yn ei ddiflastod feddwl am fynd i brynu hufen iâ neu ddanteithion eraill gan y gwerthwyr golygus (onid yw pawb yn y tywyllwch!) a oedd yn digwydd ymddangos yr union amser hwnnw yn ymyl y seddau.

Rwyt ti, ddarllenydd annwyl, wedi bod wrthi'n gydwybodol yn darllen y straeon hyn, digon i godi cryn syched. Dos felly i ferwi'r tegell a tyrd yn ôl ar ddiwedd y bennod, pan fyddi di'n barod am fwy o gyffro gwyllt a misdimanars milain Pen yr Aber.

O'r holl gastiau cas, ddim rhy ddrwg a diniwed yr oedden ni'n arfer eu chwarae, mae hwn yn sicr ymysg y mwyaf diniwed ac efallai'r mwyaf diddychymyg. Does a ŵyr a oedd yn un gwreiddiol i ni. Tybed yn wir. O leiaf, roedd yn wreiddiol o ran ei amgylchiadau.

Un o'r rhesymau y mae hwn wedi ei gynnwys yw'r parch atgofus, neu'r atgofion o barch, at y gŵr hynaws a charedig sy'n destun i'r stori, sef yr hen Huws, ein hathro Ysgol Sul – a oedd hefyd yn gigydd – er nad oedd mymryn o gig yn y rhan fwyaf o'i wersi.

Os awn yn ôl am funud at y gyffelybiaeth efo ffilm, efallai y byddai creu darlun i ti yn syniad da, er mwyn i ti weld y stori'n well yn llygad dy feddwl – os wyt yn dal i ddarllen, wrth gwrs, yn hytrach nag yfed te.

Roedd siop yr hen Huws ar y stryd fawr, ar dy ochr dde wrth i ti gerdded tua'r dwyrain o'r groesffordd yng nghanol y dref, heibio i dafarn y Parrot, hefyd ar y dde, hanner canllath eto a dyna lle'r oedd siop Huws ar y gornel cyn dod at y bont fach tros yr afon.

Oherwydd y bwlch yn adeiladau'r stryd fawr lle'r oedd y bont a'r afon ac ati, roedd gan Huws, o ffenestr ochr ei siop, olygfa agored o'r bont a'r afon a gweddill y stryd. Roedd gennym ni hefyd, yn 'eisteddfa'r gwatwarwyr' ar wal y bont, olygfa reit dda o siop Huws. Dyna oedd y drwg ar un ystyr efallai!

Y bont! O ie! Mae atgofion yn perthyn i honno hefyd. Un o nodweddion y ffilmiau sy'n drysu rhyw dwpsyn fel fi o bryd i'w gilydd ydi'r hen *flashbacks* felltith 'ma sy'n torri ar draws y stori – neu ' ôl-fflachiau' y dylwn i 'i ddweud mae'n debyg.

Dyma 'ôl-fflachiad' ynglŷn â'r bont i ti. Hen dro fod yr hen ddarllenwyr diamynedd 'na wedi mynd am baned! Mi fyddan nhw'n methu'r atgof bach gogleisiol yma rŵan.

Beth bynnag, rho dipyn o ffocws meddal yn llygad dy feddwl a dychmyga dipyn o gerddoriaeth ramantus yn y cefndir – a darllena 'mlaen.

Roedd ein hwyliau'n bur dda â dweud y gwir y diwrnod hwnnw, a hyd yn oed Idwal yn ei brofedigaeth yn llwyddo i ymgodi ychydig wrth wrando ar y newyddion diweddaraf bod yr hen Loidi o'r Nashi wedi rhoi uffern o gweir i un o'r hogia nedw a oedd yn arfer ymdrybaeddu o gwmpas pont y dref.

Yn ôl Huws y cigydd a welodd y cwbl drwy'r ffenestr yn ochr ei siop, mae'n debyg bod y pechadur pwyntesgidiog wedi galw 'ffecin sgryffi get' neu rywbeth felly ar Mr Lloyd ni.

Er bod y disgrifiad a gynigiwyd, mae'n debyg, yn un gweddol gywir, yr oedd Loidi, serch hynny, wedi awgrymu yn ei ffordd gwrtais a gwylaidd y dylai'r cyrlsyn seimlyd ymddiheuro, nid ar ei ran ei hun ond oherwydd bod Miss Winters (mwy amdani hi nes ymlaen) yn pasio efo'i ffrind mynwesol o'r Chwiorydd, Freda Cannaby-Dunn, a bod y ddwy fucheddol a da wedi gorfod dioddef y fath araith fras ddiawledig yn eu clustiau morwynol.

Ond dirmyg eto a gafodd Loidi gan y bilheili helbulus.

Heb dynnu siaced ei siwt las, dyrnodd Mr Lloyd y jeifiwr roc-a-cloc i ebargofiant a'i luchio ar ei ben dros ymyl y bont i'r afon.

Ers y rhyfel roedd rhywbeth ynglŷn â phontydd ac afonydd a oedd yn gwneud i Loidi fynd yn rhyfedd.

Y rhan orau o'r stori oedd bod Puw y plismon wedi rhuthro i'r fan ar ei feic mawr du i lusgo'r anffodusyn allan o'r afon, yna ei wthio adref yn wlyb domen ar flaen ei bastwn.

Tîn chwadan oedd enw steil gwallt olewstiff y dihiryn — neu 'dycs ârs' yn Saesneg — oherwydd ei fod, efo cymorth tua hanner tunnell o frylcrim, yn cyrlio i fyny fel pen hwyaden yn y tu blaen ac yn llifo'n ôl yn sglein llyfn ar hyd ochrau'r pen a chyfarfod yn y cefn fel plu ac adenydd y cwaciwr llon. Y diwrnod hwnnw, ymysg yr hwyaid go iawn, aeth yn llipa hyd at foddi. Rhybuddiodd Sarjant Puw ei dad y byddai'n ddrwg iawn ar y gwalch pe byddai'n meiddio dangos y fath amarch tuag at Mr Lloyd eto.

A dyma un arall a aeth dros y bont.

Pan ddaeth yr hen Edith Winters at y bont y diwrnod hwnnw, wyddost ti, y diwrnod y taflodd Loidi un o garidyms y goler felfed i'r afon, doedd hi ddim yn edrych yn dda o gwbl. Nid araith fras yr hogyn nedw oedd yr unig reswm 'chwaith. Roedd hi wedi bod yn gwelwi'n raddol ers bron i ganrif ac erbyn hyn roedd golwg fel cen ar hen gerrig ar y cwlwm o rychau lle bu ei hwyneb.

Roedd Huwcyn Roberts wedi gweithio allan un diwrnod, wrth aros i gael torri ei wallt gan Hywel, ei bod hi'n gant ac wyth a deugain mlwydd oed, neu efallai'n gant ac wyth a deugain a hanner.

Ers talwm iawn, ychydig cyn cyfnod Brad y Llyfrau Gleision, hi oedd prifathrawes ysgol y merched, y *Llys Derw Academy for Young Ladies*. Hi hefyd oedd yr athrawes Ffrangeg yno, a chyflawnodd y ddwy swydd, er lles trigolion Pen yr Aber, hyd ddiwedd ei hoes ac ym mhob agwedd ar fywyd gweddus y dref. Ie, gweddus oedd y gair i fod, nid cyhoeddus.

Un o'i hoff bleserau hi oedd dychryn plant bach drwy eu tinau trwy alw '*Bonjour, mon petit!*' arnyn nhw y tu allan i'r capel. Pan welai'r Parchedig Lefi Vaughan, prif Welsh Ecstrîmyst y dref, yn troedio'n chwim heibio i'r

Parrot neu'n llygadrythu'n flin i gyfeiriad y *Jolly Sailor Amusements*, byddai madam yn bloeddio: '*Bonjour Monsieur le Pyromane*!' * a byddai clustiau'r hengriadur yn llosgi.

Daeth lliw i'r byd yn rhy hwyr ym mywyd Edith Winters. Doedd hi ddim yn cymeradwyo lliwiau, na dim byd arall ychwaith. Gwisgai ddillad nad oedd modd bod yn hollol sicr ynglŷn â'u lliwiau, y cwbl yn llanast di-liw chwdlyd.

Yr unig beth nodedig am wedd gyhoeddus Edith oedd '*mon renard*', neu 'fy llwynog'. Am ei hysgwyddau, haf a gaeaf, gwanwyn a hydref, gwisgai madam lwynog wedi marw.

Gyda'i chyfarchiad: '*Bonjour, mon petit*', a'r cynnig tragwyddol i anwesu'r diweddar gochyn, mae'n debyg bod miledi yn gyfrifol am drawmateiddio o leiaf chwe chenhedlaeth o blant, a gwneud iddyn nhw felly droi at ddiod pan oedden nhw'n hŷn.

Roedd ei het hefyd yn ddyledus iawn i'r diwylliant Ffrengig. Nid bod neb wedi bod yn ddigon agos ati i gadarnhau'r ddamcaniaeth, ond y gred oedd ei bod wedi ei gwneud o hen focs caws Camembert crwn, wedi ei orchuddio â defnydd di-liw addas i'r Seiat, a rhwyd dros ei hwyneb. Byddai'r rhwyd weithiau yn gwyro i'r ochr chwith ac adegau eraill i'r ochr dde. Os wyt ti'n gyfarwydd â Gwyrth y Pysgod, mi fyddi di'n gwybod yn iawn am y math yma o beth.

Am gyfnod hir, bu'r hen Edith a'r Sarjant Puw yn dîm perffaith, y naill yn gwarchod ymddygiad y dref a'r llall

* *Dydd da i chi, Mr Llosgwr!*

yn gwarchod yr egwyddorion moesol a oedd yn sail i'r agweddau gorau ar yr ymddygiad hwnnw. Dysgodd nifer dda o rafins y dref eu gwers, naill ai ar flaen pastwn Puw neu ar flaen tafod Miss Winters a oedd yn declyn llawer iawn mwy arteithiol na phastwn unrhyw blismon.

Bu'r *femme fatale* hon yn cadw teis chwe chenhedlaeth o fechgyn ysgol yn hollol syth, yn sicrhau bod ymyl sgert pob geneth ysgol o leiaf fodfedd o dan y ben-glin... tan y diwrnod hwnnw toc wedi i'r Rolling Stones baentio ei drws yn ddu, yn hollol, hollol ddu.

Un amser cinio, tua dechrau tymor yr hydref, safai Tony Riley a'i ffrind bach Walker, ŵyr y Parchedig Vaughan, o flaen siop Wilbert, ychydig ddrysau heibio i siop Hywel.

Roedd siop Wilbert yn un o'r siopau hynny sy'n gwneud cymaint i godi delwedd trefi glan môr llwm trwy bentyrru pob math o deganau tymhorol lliwgar ar bob modfedd o'r palmant rhwng y ffenestr flaen a'r ffordd. Yno hefyd roedd arddangosfa o gardiau post diawledig o amharchus.

Yno roedd y ddynes fawr dew a'r gŵr bach tenau, yno'r oedd wynebau cochion llawn cyffro, yno'r oedd penolau a bronnau swmpus a siapus, yno'r oedd pob arabedd aflan. Mae'n debyg bod copi o bob un yn y Llyfrgell Genedlaethol... ail silff ar y chwith.

Penderfynodd Tony Riley gael hoe fach o'r chwerthin blinderus a thynnodd ddwy ffag o'r pecyn bach o dri ym mhoced ei flesyr ysgol, un iddo'i hun ac un i'w ffrind bach. Ymunodd pennau'r ddau mewn cawell o ddwylo o gwmpas y fflam.

Tynnodd Tony Riley ddrag dwfn a gwrol, mewn da bryd i deimlo blaen ambarél Edith Winters yn gwneud ei gorau glas i agor twll arall cymharol ddibwrpas yn ei ben-ôl.

'Yaaaaaaaaaaaaaah! Wot ddy ffy...?'

Torrodd y wich awdurdodol ar ei draws.

'How dêr iw smôc in town in ior sgŵl iwnifform! Iw wil go tw ddy hedmastyr at wons! And iw tŵ Walker. Ai dônt no wot ior grandffaddyr wd sei indîd!'

'Shit!'

Trodd Tony Riley ar ei sawdl a bloeddiodd:

'Ffyc off iw old bag! Hw ddy hel dw iw thinc iw âr?'

Roedd oes oleuedig y chwedegau wedi cyrraedd, oes heddwch yn y byd a blodyn i bawb. Yn wir, roedd Edith Winters wedi croesi'r bont.

Sut mae ôl-fflachiad i fod i ddod i ben? Beth bynnag, yn ôl at y stori!

Roedd yr hen Idwal yn sefyll ar ganol y bont, ei law ar ei war, a'i wyneb wedi ei droi tua'r nefoedd.

'Be' haru' chdi, Idwal?' medda fi... ond ni chafwyd ateb gan ein harwr glew.

'Be sy, Idwal? Be sy?' Dim ateb.

Edrychais innau i fyny wedyn a gwneud fy ngorau glas i graffu ar y cymylau a'r clytiau o las yma ac acw, i weld beth allai fod yno.

'Uffarn o beth 'sdi.' dywedodd Idwal.

'Ydi o?'

''Di o ddim yn digwydd yn amal 'sdi.'

Erbyn hyn, roedd Dewi Drewi, ei gefnder Melfyn, neu Meli Smeli ar lafar gwlad, Llywela Huws, Eirwen

Jones, Tomi Hafan a chryn nifer o rai eraill, wedi dod atom — a dyna ni i gyd ar ganol y bont yn edrych i fyny.

Clywyd llais dwfn Idwal unwaith eto.

''Di o ddim yn symud o gwbwl rŵan. Mae o'n sownd yn ei le. Diawl o beth.'

'Duwcs! Lle mae o, Idwal, y mwlsyn?' holodd Eirwen.

'Uw! Reit yn fanna!' atebodd Idwal, heb symud yr un fodfedd na newid y mymryn lleiaf ar ei osgo — yna ychwanegodd; 'Y coblyn Iwri Gagarin uffarn 'na... ar y telifision neithiwr tan yr oria' mân... dyna ydi o i chi.'

Rhag ofn dy ddiflasu'n ormodol, ddarllenydd annwyl, digon efallai yw dweud mai rhyw sgwrs felly oedd hi a'i bod hi wedi dal ymlaen am gryn sbel — efo tyrfa fawr wedi ymhél ar y bont a phawb yn sbïo i fyny yn llawn chwilfrydedd a syndod — ac Idwal yn eu canol, yn ben ac ysgwyddau uwchben y lleill, ei law yn sownd ar ei war a'i lygaid, fel llygaid pob un arall, tua'r nefoedd.

A sôn am y nefoedd, erbyn hyn roedd yr hen Huws, fel y gallet ti ddisgwyl, wedi dod allan o'i siop i ymuno â'r dyrfa ar y bont. Yno buom ni'n sefyll, heb gael fawr ddim pen rheswm allan o Idwal na neb arall, am sbelan go hir.

Mentrodd Huws ofyn:

'Idwal bach, be' ar y ddaear... wel ym... na... ho ho... be' yn y nefoedd wyt ti'n sbio arno 'machgen i?'

Heb symud ei ben, na'i law oddi ar ei wâr, na throi i gyfeiriad Huws na dim, atebodd Idwal yn ara' deg.

'Sbio ar y telifision newydd 'cw neithiwr ar Iwri Gagarin yn mynd i fyny i sbês ynde — a duwcs — o'dd yr hen ddyn 'cw wedi rhoi'r telifision ar ben y cwpwr' — a Duw — 'di bod yn sbio i fyny am oria' — ma' gen i uffarn o gric yn 'y ngwddw, fedra' i ddim blydi symud y diawl.'

Ar air Idwal, er bod ei drem yntau tua'r nef, trodd y criw o serydddwyr rhwystredig ar y bont yn ôl at y ddaear yn gôr o ochneidwyr a rhegwyr o'r radd flaenaf, digon i gochi'r hen Huws at ei glustiau wrth iddo gamu'n ôl yn araf at ddrws ei siop.

'Y? Be' ddiawl?' Doedd Huws, ac yntau'n athro Ysgol Sul, ddim yn rhegi'n aml.

'Be' goblyn sy'...? Fedra i ddim agor ff...ff... drws y siop!'

Ie wir. Dirgelwch mawr arall yn hanes Pen yr Aber. Rhywsut neu'i gilydd, tra'r oedd Huws wedi bod allan dim mwy na phum munud, roedd drws ei siop wedi llwyddo i'w gloi ei hun... a'r goriad wedi diflannu hefyd. O diar!

Dim ond am rai oriau y bu'r hen Huws wedi ei gloi allan o'i siop, ond dichon yr aiff canrifoedd lawer heibio cyn i ryw archeolegydd ddarganfod ei oriadau yn llaid yr afon o dan yr hen bont. Ac ni fydd gan honno neu hwnnw ddim mwy o syniad na chdi na fi na Huws sut y daethon nhw i fod yno.

Gest ti banad dda'r hen goes?

Pennod 18

Bedydd tân

Un wers gan yr athro Ysgol Sul nad oedd mo'i hangen ar Idwal a'i deulu oedd yr un a grybwyllwyd ynglŷn â 'gwneuthur eich elusen yng ngŵydd dynion, er mwyn cael eich gweled ganddynt'. Roedd elusen, chwedl y Sais, yn cychwyn gartref. Mor isel oedd prisiau llaeth a chig, dywedai rhai amdanynt eu bod wedi gorfod hyd yn oed torri'r Blwch Cenhadol i wneud coed tân. Ond dyna ni, mae hi wastad wedi bod yn galed ar ffarmwrs, y du a'r gwyn, yr iach a'r gwahanglwyfus.

I gael deupen llinyn ynghyd, roedd Idwal newydd ddechrau gweithio pob penwythnos ac ambell i noson yn siop Smith a Milward yng nghanol y dref. Yr un modd â siop Hywel, roedd siop nwyddau haearn Smith a Milward yn un o fath na weli di'n aml erbyn heddiw. Gallet brynu unrhyw beth o rannau injan ddyrnu i un hoelen i roi llun ar y wal.

Un tro roedd syrcas wedi dod i'r dref, syrcas Millington os ydw i'n cofio'n iawn, a llwyddodd Smith a Milward i ddod o hyd i set o bedolau i un o'r eliffantod.

Dau hen gyfaill mynwesol oedd Smith a Milward, wedi eu geni y drws nesa i'w gilydd, wedi bod yn yr ysgol efo'i gilydd, wedi priodi dwy chwaer ... ond yr hyn a roddodd y simént ar eu perthynas oedd eu bod wedi bod drwy erchyllterau'r fyddin efo'i gilydd hefyd... yn y stôrs yn Aldershot.

Ei ail ddydd Sadwrn yn y gwaith, a hanner awr wedi wyth ar ei ben, cafodd Idwal ei alw i swyddfa'r siop. Yno'n ei ddisgwyl roedd Smith a Milward.

'Ti'n siŵr fedrwn ni drystio fo yr hen Filwad?'

''Dw i'n meddwl y rhown ni gyfle iddo Smith old boi!'

'Ust! Mae o yma.'

Cnoc cnoc cnoc.

' T'yd i mewn.'

Agorodd y drws a dyna lle'r oedd ffrâm anferthol Idwal yn sefyll.

'Aru chi alw?'

Cliriodd Smith ei gorn gwddw: 'Ym... do, Idwal... ty'd reit i mewn a chau'r drws 'machgen i.'

Gwenodd Milward ar Idwal.

'Idwal, ddown ni'n syth i'r pwynt. Mae'r lle 'ma wedi bod yn disgwyl yn hir am un fatha chdi. Mae 'na ambell i job na fedrwn ni ddim i'w roi i bawb sdi. Mae angen rhywun cryf, call a chyfrifol weithiau, fel ti'n gwybod.'

Sythodd Idwal.

'Gwbod be' da' chi'n feddwl yn iawn Mistar Milwad, Mistar Smith.'

Rhoddodd Smith ei big i mewn.

'Gwranda Idwal, ti'n gwbod lle ma' Trem y Gogarth 'dwyt?'

'Yndw siŵr Dduw, ffordd Pant y Llwynog ac i fyny'r cwm yn'de. Mae o'n heirio'r tarw gynnon ni weithie'.'

'Ie, wel, mae Wilias Trem y Gogarth wedi ordro tri galwyn o fostisteric asid. Ti'n gwbod be' di mostisteric asid 'dwyt Idwal.'

'Yndw siŵr Dduw.'

Edrychodd Smith a Milward ar ei gilydd mewn syndod.

‘Wyt ti wir Idwal?’

‘Ym ... wel ... yndw mae’n debyg.’

‘Wel clyw hyn, Idwal. Mae o’r asid perycla’ yn y byd ’ngwas i. Mae o’n beryg bywyd go iawn. Un diferyn ar dy esgid a mi losgi di’n ulw mewn fflach a chwmwl ’machgen i. Wyt ti’n dallt?’

‘Yndw, syr.’

‘Y diferyn lleia’ ar y tarmac a mi losgith drwyddo a’r cerrig o dano reit i’r ddaear sdi... a bydd yr ym... y *fall out gasses* yn difa popeth byw am filltiroedd o gwmpas. Ti’n dallt?’

‘Yndw siŵr. Dallt yn iawn.’

‘Dyna pam, Idwal, mae o’n llawer iawn rhy beryg i’w gario yn y fan. Un sgytwad ac mi fasa hi ar ben... mae’n well peidio meddwl am y peth. Felly, Idwal bach, dyna pam wyt ti ’di cael dy ddewis.’

‘Y be? Fy newis... Mistar Smith?’

‘Ie, dy ddewis, Idwal. Ti’n gry’. Ti’n gwbod y ffor’. Ti’n gyfrifol.’

A gyda’r geiriau hyn estynnodd Milward, ‘on ciw’ fel maen nhw’n dweud, i godi bwced fawr sinc oedd wedi bod yn cuddio’r tu ôl i’r ddesg. Gosododd hi’n ofalus ar y llawr o flaen Idwal. Roedd hi’n llawn o fewn dwy fodfedd i’w hymyl.

‘Dyma fo Idwal. Gwna dy orau.’

Wedi ychydig eiliadau o syllu mewn parchedig ofn a rhyfeddod, plygodd Idwal i lawr a gafael yn benderfynol a thringar iawn yn y fwced drom. Teimlodd gyhyrau gwaelod ei gefn yn tynhau wrth i’r ddolen gul a chaled wasgu ar ei fysedd. Cododd hi, yn ofalus iawn, i gyfeiriad y drws, heb symud modfedd o'i le, dim ond rhyw hanner troi er mwyn ei symud. Gosododd hi yn araf ar y llawr, yna symud un cam tuag ati. Gwelodd donnau bach yn crychu wyneb y dŵr a rhoddodd ei galon naid. Teimlodd ei frecwast yn corddi yn ei gyllau. Pan welodd nad oedd dim o'r hylif dinistriol wedi ei golli, mentrodd blygu i'w chodi eto, hanner troi, ei dodi i lawr, a symud un cam arall. Roedd yn dechrau chwysu ac yntau heb fod hanner ffordd at ddrws y siop.

'Dyna ti, Idwal. Ti'n gwneud yn tshiampion. Dim ond tair milltir a hanner i fynd. Mi fydd Smith a fi yma tan tua chwech. Mae hyn yn hanfodol bwysig Idwal bach... ond 'dan ni'n gwybod na wnei di o bawb ddim 'n gadael ni i lawr.'

'Mae'n rhaid bod hyn yn uffernol o bwysig,' meddyliodd Idwal, wrth weld bod pob un o'r dynion eraill wedi dod i du blaen y siop i'w wylio'n cychwyn ar ei orchwyl mawr. Dechreuodd ymwroli a magu penderfyniad.

Pob hyn a hyn ar ei hynt araf a phoenus ar hyd palmentydd y dref, pan dybiai Idwal fod rhywun yn dod ato'n rhy gyflym neu y gallai ddod yn rhy agos at y fwced, byddai'n bloeddio: 'Lwc owt! Tendiwch ych hun! Mostisteric asid!'

Rhyddhad mawr iddo oedd gweld bod pawb i bob golwg yn gwrando ar ei rybudd ac yn rhoi digon o le iddo — ond bobl bach, roedd ei gefn a'i ddwylo yn brifo!

Roedd hi'n tynnu am naw o'r gloch arno yn cyrraedd o flaen siop Hywel. Gwelodd Tracy'r Ffoadur yn llygadrythu arno o'r cownter, tra'r oedd Hywel ei hun yn codi caead ei focs *Penny for the Blind* i weld ei gynnwys.

Trodd yr hen ddewin yn sydyn ar air Tracy i edrych ar Idwal a dechreuodd ei sbectol fflachio fel storm o fellt.

'Asid, Idwal? Cym ofal ŵan.'

Wedi dweud hynny, oedodd Hywel am eiliad, ei lygaid fel soseri newydd eu golchi, a diflannodd yn sydyn iawn i gefn y siop.

Ymhen llai nag awr a hanner, roedd Idwal wedi llwyddo i gario'r bwced hanner ffordd ar hyd y Stryd Fawr, rhyw bum can llath i fyny Stryd y Capel a heibio i ychydig dai olaf y dref hyd at gornel y lôn i Bant y Llwynog. Eisteddodd ar y dalar i gael ei wynt ato.

Roedd yn chwys diferol, ei gefn yn curo fel calon a'i fysedd yn llosgi'n waeth nag a wnaethon nhw erioed wrth gario bêls. Tynnodd ei hances o'i boced. Anodd oedd gweld yr arwydd 'Pant y Llwynog 2¾' drwy'r chwys hallt yn ei lygaid a'r cwmwl didostur a di-baid o wybed bach duon a oedd wedi penderfynu dod i fwynhau'r daith efo'r hen Idwal.

Rhwygodd redynen hir o fôn y gwrych ac aeth ati i chwipio'r pryfaid, ond er clirio ar ôl chwipiad neu ddau, doedd y cyd-deithwyr bach duon ddim yn medru cofio'r perygl yn ddigon da i gadw draw.

Eisteddodd Idwal yno am blwc, yn chwysu, yn brifo, yn stemio, ac yn pendroni sut ar y ddaear y byddai modd iddo ddal ati i gario'r bwced a chwipio'r pryfed heb golli diferyn o'r llwyth llethol. Taflodd ei wialen dros y gwrych gydag ochenaid ddiamynedd.

Ar fin llewygu, sychodd y chwys o'i lygaid efo'i hances... a dyna pryd y sylweddolodd Idwal ei fod wedi ma... heb os nac oni bai... dyna oedd yr unig esboniad... yr oedd wedi marw.

Yno o'i flaen ar ymyl y ffordd yr oedd ei dad, yr hwn a oedd wedi ymadael â hualau'r cnawd ers tynnu am flwyddyn gron. Gwisgai ei hen gap, yn union yr un fath â phan oedd yn fyw, ei hen got waith, efo'i holion o hen gachu defaid ac olew, wedi ei chlymu'n gadarn â darn o linyn beindar fel newydd – ac i goroni'r cwbl, heblaw eu bod ar y gwaelod, pâr o welis duon.

Fel petai hynny ddim yn ddigon o ryfeddod, y tu ôl i'w dad safai ei daid, wedi ei wisgo rhywbeth tebyg ond heb gymaint o steil. Y tu ôl i hwnnw roedd dyn arall, rhyw debygrwydd teuluol ynglŷn â hwnnw hefyd. Y tu ôl i hwnnw roedd dyn arall, un arall ac un arall, yn mynd yn fwyfwy hen ffasiwn yr olwg bob un.

Syllodd Idwal heibio i'w dad, ei daid a'i hen daid, i weld rhes o ddynion cadarn atebol yn ymestyn yr holl ffordd i lawr y lôn, yr un neu ddau olaf mewn brethyn tartan o ryw fath, trowsus a chlog wedi ei chlymu efo pin aur, eu gwalltiau llaes wedi'u plethu'n gynffonnau hirion, a golwg ffyrnig a diamynedd ar y ddau.

Yna, edrychodd ei dad yn dyner a llawn balchder i fyw llygad Idwal, a bloeddiodd y rhes o ddynion yn un llais 'Ymlaen Idwal! Ymlaen! Mae hi wastad wedi bod yn galed ar ffarmwrs 'sdi!'

Yn byrlymu gan nerth newydd, sychodd Idwal weddillion y chwys o'i dalcen a'i lygaid. Pan agorodd hwy eto roedd y lôn o'i flaen yn hollol wag a hollol dawel... heblaw am drydar ambell i aderyn a mwmian parhaus y gwybed bach duon.

Ymsythodd ein harwr glew gan estyn ei freichiau i'r awyr, ei ddwylo'n ddyrnau tyn. Yna plygodd eto, fel dyn wedi ei adfer yn holliach, gafaelodd yn nolen y bwced ac aeth yn ei flaen yn wrol heb lithro na simsanu.

Erbyn i Idwal gyrraedd gwaelod y lôn fferm a droellai i fyny'r cwm i Drem y Gogarth, roedd ei ddillad yn wlyb at ei groen gan chwys, roedd ei wyneb a'i ben yn lloches a noddfa i'r rhan fwyaf o bryfaid duon y fro, roedd yr artaith yng nghyhyrau ei gefn a llosg y cnawd briwedig ar ei fysedd wedi ei anfon i ryw fath o berlewyg arallfydol – ond roedd yn hapus.

Clywodd gloc eglwys Betws y Waun yn taro dau o'r gloch yn y pellter. Yno'r oedd ei dad, ei daid a'r rhan fwyaf o'r lleill wedi'u claddu. Fyddai Idwal ddim yn eu gwaradwyddo. Roedd y lôn fach at y fferm yn serth a throellog, ond dylai awr arall fod yn ddigon. Aeth yn ei flaen.

Ymhen awr a oedd wedi teimlo'n fwy fel tair, cyn troi i mewn i'r buarth, oedodd Idwal i gael un seibiant olaf, mwynhau'r olygfa fendigedig i lawr y cwm serth tua'r môr, a synfyfyrio tipyn. 'Pam ddiawl oedden nhw wedi rhoi'r enw Trem y Gogarth i'r lle, Duw a ŵyr. Doedd 'na ddim byd i'w weld ond rhyw gipolwg o'r Grêt Orm tua Llandudno draw. Ond dyna ni.'

Yr unig beth i'w wneud rŵan oedd croesi'r buarth caregog drwy'r ieir ac at y drws ffrynt. Hwrê!

Hen ffermdy Trem y Gogarth, ei dalcen blaen wedi ei fframio'n odidog ymysg y trilliw ar ddeg a llwyni blodeuog eraill, oedd yr olygfa orau a welodd Idwal erioed. Roedd yr orchest wedi ei chyflawni. Mi fyddai Wilias yn cael ei fostisteric asid, byddai Smith a Milward wedi eu bodloni a byddai dad, taid a phawb yn cysgu'n sownd am byth, gan wybod bod Idwal yn hollol deilwng.

Gallai daeru am eiliad bod un o gyrtens y ffenestr fach wrth y drws wedi symud rhyw flewyn. Dododd ei lwyth peryglus yn ofalus ar stepen y drws a churodd yn gadarn ar yr hen estyll o bren derw efo'i ddwrn gwrol.

Ymhen hanner munud, agorodd y drws led y pen. 'Pnawn da 'machgen i.'

'Pnawn da i chi Mistar Wilias. Dyma'r mostisteric asid dach chi 'di ordro.'

'I'r dim 'machgen i. I'r dim yn wir. Aros di rŵan i ti gael rhywbeth bach am dy drafferth.'

'O na, peidiwch wir,' atebodd Idwal, gan obeithio i'r Nefoedd na fyddai ei gwrteisi yn rhy effeithiol.

'Twt lol 'machgen i. Mi'r wyt ti wedi torri dy gefn a chwysu galwyni i ddod â hwn yma'n hollol saff. 'Di o ddim ond yn iawn i mi unioni pethau nac'di. Ond yn gynta' gymeri di dipyn o ddŵr i dorri dy syched a golchi'r chwys 'na'r hen foi?'

'Wel, os da' chi'n deud Mr Wilias...'

Gyda hynny, cododd Wilias Trem y Gogarth y bwced ac arllwys ei chynnwys yn un swp dros ben Idwal a'i adael ar stepen y drws fel arth wedi bod mewn afon.

Pe byddai Idwal wedi bod â chlustiau i wrando, mi fyddai wedi clywed, o gyfeiriad y perthi blodeuog, gamera newydd Browni Fforti Ffôr Ê Mistar Milward yn clicio a throi. Pe byddai wedi bod â llygaid i weld, byddai wedi gweld y ddau hen gyfaill, a Hywel y Barbwr, yn rholio'n ddireol ar y glaswellt heibio i gornel y tŷ, pob un a'i lawes yn ei geg i fygu'r chwerthin ffrwydrol.

A diolch byth, doedd y dŵr ddim wedi plesio'r gwybed bach duon 'chwaith.

Pennod 19

Diwedd annwyl

Wel, dyna ni. Yn ddiweddarach y diwrnod gorfoleddus hwnnw yn hanes Idwal, roeddwn i'n digwydd bod yn y siop dorri gwallt pan ddaeth Hywel yn ei ôl o Drem y Gogarth yn llawn ohoni. Dyna sut clywais am y cast penigamp a heb ei ail yr oedd y tri hen gyfaill wedi ei chwarae ar y ffarmwr ifanc.

Yn y siop honno, fel mae'n digwydd, y clywais am bob un o'r castiau hyn 'dw i wedi dewis eu rhannu efo'r darllenydd annwyl, ond bod rhaid fel arfer, wrth gwrs, i mi smalio mai dyna'r tro cyntaf i mi eu clywed a cheisio magu rhyw olwg ddieuog a diniwed o flaen y lleill.

Y tro hwn roedd hi'n wahanol. Nid fi na 'mrawd na Tomi Hafan nac Idwal ychwaith oedd yn gyfrifol, ond tri o 'barchusion' pennaf y dref.

Os oedd y drwg wedi dechrau mynd i'r caws yn y sgyrsiau myglyd bore oes hynny yn yr ystafell gefn, ac yn enwedig efo'r tric dan dîn hwnnw gan fy mrawd ym Moderob, roedd heddiw yn dro ar fyd. Cefais yr ymdeimlad pendant a balch ein bod yn rhan o draddodiad cadarn, gwerinol a gogoneddus o remp.

Tra byddai'r cloc mawr hwnnw ar wal y siop dorri gwallt yn tipian y blynyddoedd yn araf eu blaenau, tra deuai hogia bach i gael twtio eu pennau gan yr hen Hywel, byddai pob gobaith, a hwnnw'n obaith parhaol, i lot o ddrwg fynd i lot o gaws o hynny ymlaen.

O! Gyda llaw. Roedd 'na rywbeth od ynglŷn â siop Hywel y diwrnod hwnnw, rhyw olwg wahanol ar y lle. Beth oedd yn bod?

Dim byd mawr. Roedd Hywel wastad yn gwybod be' oeddech chi'n ei feddwl, ond doedd neb wedi gweld beth oedd Hywel yn 'i feddwl.

Wyt ti'n cofio'r bocs hel pres rŵan?

Roedd yr hen ddewin wedi mynd â'r pres *Penny for the Blind* i siop ddodrefn Huw Jones — ac wedi prynu bleind newydd i ffenestr ei siop.

Tic toc, tic toc, tic toc, tic toc.

Hunangofiannau eraill o Wasg Carreg Gwalch

'Mae'r dramodydd Meic Povey wedi creu sawl cymeriad bythgofiadwy ar lwyfan a theledu dros y blynyddoedd, ond ef ei hun yw'r gwrthrych yn ei waith diweddaraf, a gellid dadlau ei fod yn llawer mwy cofiadwy a lliwgar na'r un ohonynt.' – Tudur Huws Jones, *Daily Post Cymraeg*

'... dyma'r agosaf peth i berffeithrwydd i mi ei ganfod erioed o fewn y byd hunangofiannol ... llwyddodd Meic Povey i droi brwydr a marwolaeth ei wraig yn stori am brydferthwch ac urddas.' – Lyn Ebenezer, *Gwales*

'Dwi ddim yn dal yn ôl – yn bersonol nac yn fy ngwaith.' – Meic Povey, *Y Cymro*

'Mae hon yn llawer mwy na chyfrol ar jazz – mae hi'n gofnod hanesyddol hefyd am Dre'r Sosban pan oedd y lle'n brifddinas y diwydiant tun, cyfnod pan oedd cymdogaeth dda yn rhywbeth llawer mwy nac ystrydeb. Mae hi hefyd yn cofnodi brwydr bersonol Wyn dros gyfiawnder i bobl ddu ...' – Lyn Ebenezer, y golygydd

'Mae Wyn Lodwick fel ei gerddoriaeth – yn gwneud ichi deimlo'n hapus, braf. O fewn munud neu ddwy i'w weld eto, bydd eich hwyliau'n well.' – Dylan Iorwerth, *Golwg*

'... hunangofiant eithriadol ddarllenadwy hwn sy' fel petai yn crisialu statws Wyn Lodwick yn y byd diwylliannol Cymraeg, ei gariad at Lanelli a'i gymeriad hoffus ...' – *Gwales*

www.carreg-gwalch.com